清貴@黒壁ガラス館

秋人@京都・南座

京都寺町三条のホームズ⑳

見習いたちの未来展望

望月麻衣

双葉文庫

目次

家頭《やがしら》 清貴《きよたか》

類稀な鑑定眼と観察眼から、『ホームズ』と呼ばれている。現在は、骨董品店『蔵』を継ぐ前に、外の世界を知るよう命じられ、修業中の身。

真城《ましろ》葵《あおい》

京都府立大学三年。埼玉県から京都市に移り住み、骨董品店『蔵』でバイトを始めた。清貴の指南の許、鑑定士としての素質を伸ばしている。

梶原《かじわら》 秋人《あきひと》
現在人気上昇中の若手俳優。ルックスは良いが、三枚目な面も。

円生《えんしょう》
本名・菅原真也　元贋作師で清貴の宿敵だったが、紆余曲折を経て、今は高名な鑑定士の許で見習い修業中。

滝山《たきやま》 利休《りきゅう》
清貴の弟分。清貴に心酔するあまり、葵のことを疎ましく思っていたが……？

家頭《やがしら》 誠司《せいじ》
（オーナー）
清貴の祖父。国選鑑定人であり『蔵』のオーナー。

滝山《たきやま》 好江《よしえ》
利休の母であり、オーナーの恋人。美術関係の会社を経営し、一級建築士の資格も持つキャリアウーマン。

家頭《やがしら》 武史《たけし》
（店長）
清貴の父。人気時代小説作家。

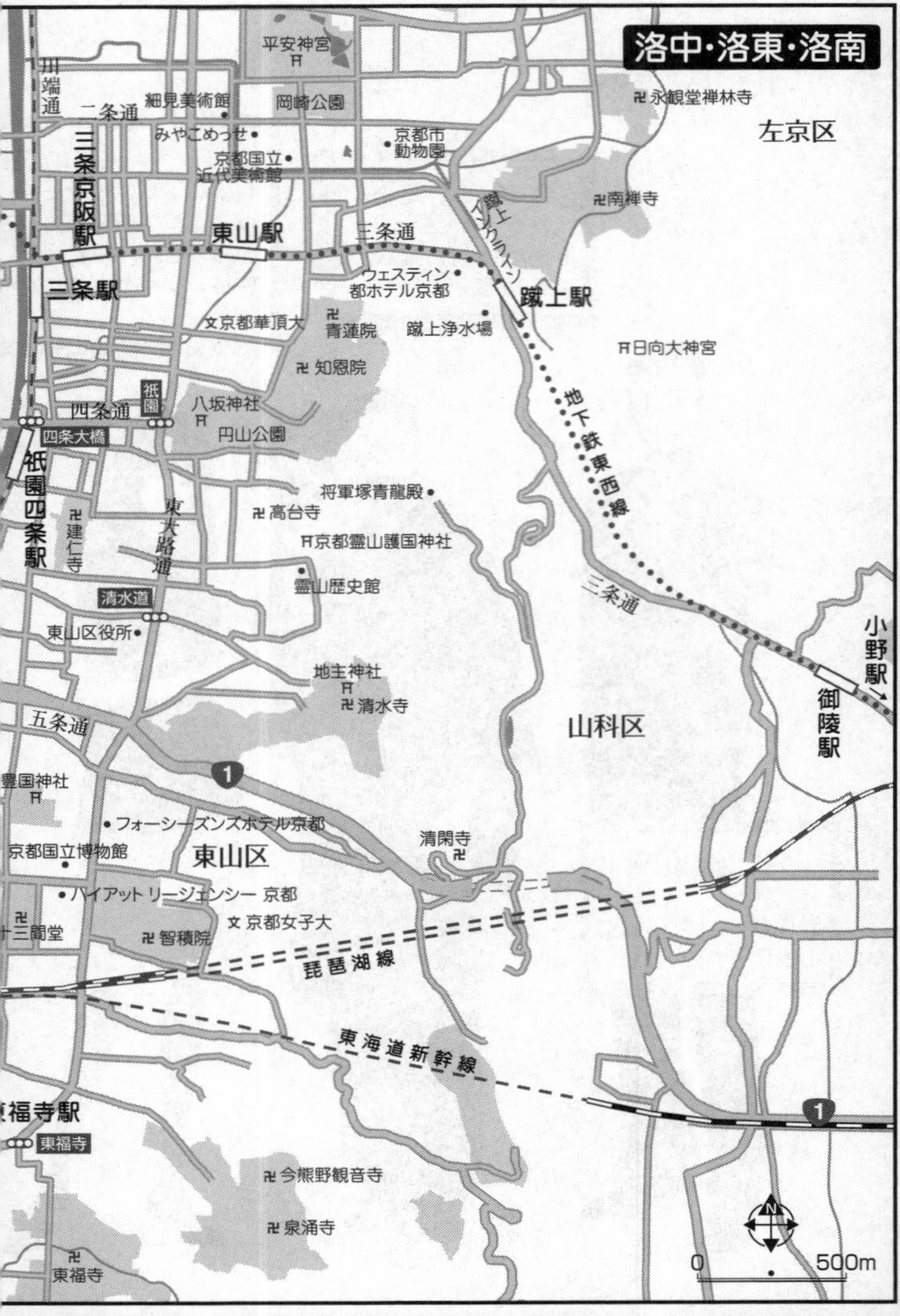
洛中・洛東・洛南
平安神宮
細見美術館
岡崎公園
永観堂禅林寺
左京区
川端通
二条通
三条京阪駅
みやこめっせ
京都市動物園
京都国立近代美術館
南禅寺
蹴上インクライン
東山駅
三条通
三条駅
ウェスティン都ホテル京都
蹴上駅
京都華頂大
青蓮院
蹴上浄水場
日向大神宮
知恩院
祇園
四条通
八坂神社
円山公園
四条大橋
祇園四条駅
地下鉄東西線
将軍塚青龍殿
高台寺
建仁寺
東大路通
京都霊山護国神社
霊山歴史館
三条通
清水道
東山区役所
小野駅
地主神社
清水寺
御陵駅
五条通
山科区
豊国神社
フォーシーズンズホテル京都
清閑寺
京都国立博物館
東山区
ハイアット リージェンシー 京都
京都女子大
三十三間堂
智積院
琵琶湖線
東海道新幹線
東福寺駅
東福寺
今熊野観音寺
泉涌寺
東福寺
0
500m

丸太町駅
千本通
二条自動車教習所
二条城
烏丸通
367
二条駅
二条城前駅
京都市役所
御池通
BiVi二条
中京区役所
烏丸御池駅
中京区
堀川通
三条通
三条通
六角堂
嵯峨野線
大宮駅
四条通
阪急京都線
烏丸駅
京都河原町
嵐電嵐山本線
四条駅
西院駅
四条大宮駅
壬生寺
地下鉄烏丸線
七本松通
松原通
五条通
9
1
清水五条
五条駅
丹波口駅
延寿寺
京都市中央卸売市場
下京区
1
渉成園（枳殻邸）
西本願寺
東本願寺
七条駅
京都水族館
龍谷大
梅小路京都西駅
七条通
七条大橋
24
京都タワー
下京区役所
京都鉄道博物館
梅小路公園
京都駅
京都線
東海道新幹線
大宮通
イオンモール KYOTO
河原町通
東寺
南区
東寺駅
近鉄京都線
烏丸通
九条駅
171
九条通
1
↓十条駅

N
0
1.5km
寂光院
三千院
滋賀県
阿弥陀寺
京都府
367
奥比叡ドライブウェイ
坂本比叡山口駅
西教寺
朗詠山長源寺
八瀬比叡山口駅
岩倉駅
八幡前駅
蓮華寺
比叡山延暦寺
坂本ケーブル
国際会館駅
大比叡
叡山ケーブル
松ノ馬場駅
叡山ロープウェイ
三宅八幡駅
京阪石山坂本線
宝ケ池駅
星野リゾート
ロテルド比叡
穴太駅
叡山電鉄叡山本線
修学院離宮
修学院駅
曼殊院
比叡山ドライブウェイ
唐崎駅
圓光寺
一乗寺駅
滋賀里駅
狸谷山不動院
湖西線
茶山駅
琵琶湖
南滋賀駅
左京区
元田中駅
161
近江神宮前駅
銀閣寺（慈照寺）
吉田神社
哲学の道
法然院
真正極楽寺（真如堂）
大津京駅
京阪大津京駅
瑞光院
金戒光明寺
大津市役所前駅
平安神宮

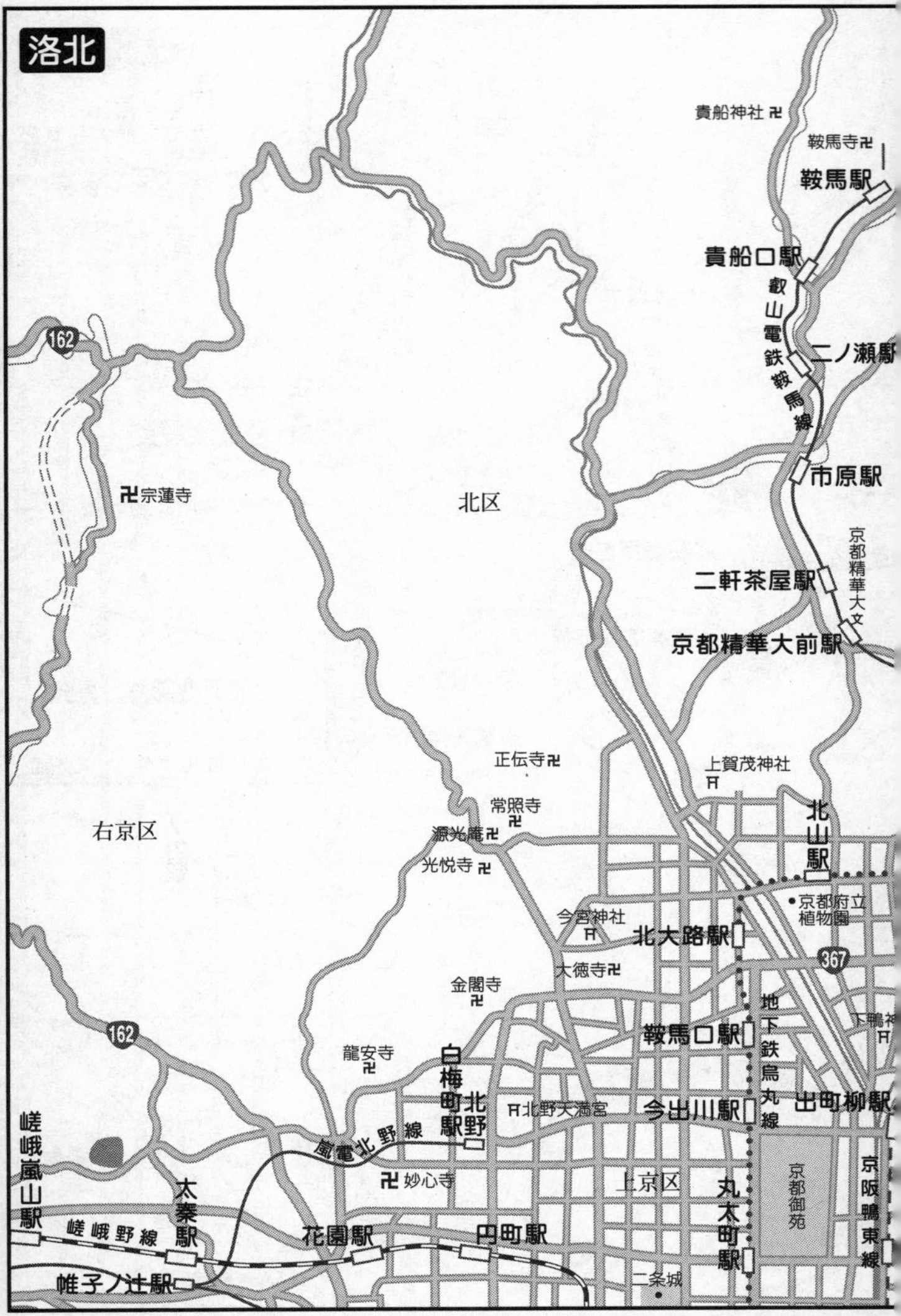
洛北
貴船神社
鞍馬寺
鞍馬駅
貴船口駅
叡山電鉄鞍馬線
二ノ瀬駅
市原駅
京都精華大
二軒茶屋駅
京都精華大前駅
162
宗蓮寺
北区
正伝寺
上賀茂神社
常照寺
右京区
源光庵
光悦寺
北山駅
京都府立植物園
今宮神社
北大路駅
367
大徳寺
金閣寺
地下鉄烏丸線
下鴨神社
鞍馬口駅
162
龍安寺
白梅町
北野
北野天満宮
今出川駅
出町柳駅
嵐電北野線
妙心寺
上京区
京都御苑
京阪鴨東線
嵯峨嵐山駅
太秦駅
丸太町駅
嵯峨野線
花園駅
円町駅
帷子ノ辻駅
二条城

立命館大
等持院
龍安寺駅
等持院・立命館大学衣笠キャンパス前駅
162
仁和寺
福王子
妙心寺駅
嵐電北野線
宇多野駅
御室仁和寺駅
一条通
妙心寺
鳴滝駅
嵐電北野線
妙心寺道
花園駅
常盤駅
法金剛院
太秦駅
東映太秦映画村
花園大
電嵐山本線
撮影所前駅
広隆寺
帷子ノ辻駅
右京警察署
太秦天神川駅
葛野大路通
太秦広隆寺駅
蚕ノ社駅
地下鉄東西線
御池通
京都先端科学大
嵐電天神川駅
右京区役所
嵐電嵐山本線
三条通
山ノ内駅
三菱自動車
梅宮大社
162
京都外大
四条通
右京区
圭川運動公園
上野橋
阪急京都線
五条通
イオンモール京都五条
9
上桂公園
西大橋
ハンナリーズアリーナ
西京極総合運動公園
9
西京極駅

洛西
大覚寺
右京区
広沢池
化野念仏寺
嵐山高雄
パークウェイ
清涼寺
祇王寺
丸太町通
二尊院
常寂光寺
トロッコ嵐山駅
嵯峨嵐山駅
嵯峨野線
トロッコ嵯峨駅
法然寺
車折神社駅
鹿王院
鹿王院駅
車折神社
天龍寺
嵐山駅
嵐電嵯峨駅
三条通
亀山公園
渡月橋
中ノ島公園
嵯峨美術大
桂川
嵐山
嵐山駅
法輪寺
嵐山東公園
嵐山モンキーパークいわたやま
阪急嵐山線
松尾大社駅
松尾橋
西京区
松尾大社
月読神社
鈴虫寺
西芳寺
0
500m

プロローグ

京都国立博物館の勤務時間は、八時四十五分から十七時三十分だ。

『お役所の勤務時間は九時から十七時半まで』と言われることもあるが、実際には八時半から十七時十五分までのところが多いという。

なぜ切りのいい数字ではないかというと、公務員の勤務時間は、『一般職の職員の勤務時間、休暇等に関する法律』によって大枠が決められており、一日の就業時間が七時間四十五分と定められているからだ。

大抵、十二時〜十三時が昼休みなのだが、時差勤務によって勤務時間の割り振りを変更することができ、フレックスタイム制が導入されているところでは、柔軟な勤務が可能になっている。

国立文化財機構は『独立行政法人』なので厳密には公務員ではないのだが、多くの制度が国に準ずる形としていた。

今、私——真城葵《ましろあおい》は、インターンとして京都国立博物館（通称・京博）で仕事をしている。

京博が七～八月に大学・大学院の学生を二～三週間特別インターンとして受け入れるというニュースを知ったのは、今年の二月のこと。

私が通う京都府立大学にも、案内が届いていた。

そうして今日に至るのだが――、

「怒涛の日々だったなぁ……」

と私は当時を振り返った。

＊

――二月某日。

「葵さん、これは大変なチャンスですよ」

骨董品店『蔵《くら》』にて、京博がインターンを募集している話をホームズさんこと端整な顔立ちの美青年・家頭清貴《やがしらきよたか》さんに伝えると、彼は顔色を変えてこう言った。

相当、驚いたのだろう。その整った顔が興奮のせいか紅潮している。

「現在、京博では大学の博物館実習を基本的に行っていません。海外の博物館専門家や共同研究している他館の学芸員等を、研修生として数週間程度受け入れるだけです」

そうみたいですね、と私は相槌をうち、話を続けた。

「なんでも、『将来を担う若手学芸員や研究者を養成する観点から試験的に――』ということだそうで……」

「そんなチャンスに恵まれるなんて、葵さんは幸運ですよ。在学中、僕はどれだけ京博に行きたかったか……」

と、ホームズさんは口惜しそうに額に手を当てる。

「ホームズさん……」

私は少し申し訳なさを感じて、肩をすくめた。

しかし、ホームズさんは、すぐに気を取り直して顔を上げる。即座に卓上サイズのホワイトボードをカウンターの上に置き、ペンを手に取った。

「いいですか。募集要項によると、インターンシップで採用されるのは、若干名のみ。書類選考と面接を経て決まる、なかなか本格的なものです。基本的に京都府内の大学、短期大学、大学院に在学の者、あるいは、居住地または実家などの帰省先が京都府内の者ということで、ここは葵さんは問題ありません。加えて、博物館に関する科目のうち、『博物館概論』の単位を取得していることが必要です」

「あ、それは大丈夫です」

と、私は胸を張る。

『博物館概論』とは、博物館がどのような場所で、どのようにして作られた施設なのか、また、学芸員はどのような仕事をしているのかなど、博物館の基礎について学ぶ科目で、『学芸員』の資格取得をめざす学生は、四回生になる前に単位を取得しておくことが必須となる。

「となると、問題は専門分野です。今回、京博の研究員の専門性に合わせて、絵画、彫刻、陶磁、染織・金工・漆工、考古、書籍・典籍・古文書、保存、マネージメントと八つの分野があり、その一つを選択しなくてはなりません」

彼の話を聞き、私はおずおずと口を開いた。

「私は、この『蔵』で修業させてもらっていますし、『陶磁』が良いかなと思ったんですが……」

ここで数多くの古美術に触れてきた。その中でもっとも目にしてきたのは陶磁器だ。

『陶磁』ならば、チャンスがあるかもしれない。

そう思ったのだけど……。

「いえ、採用は若干名ですよね。美術館関係のインターンにありがちなのですが、八つの分野を募集していても、必ずしも各分野一人、つまり八名が必ず採用されるというわけではないと思うんですよ」

「えっ、そうなんですか? てっきり、最低八名かと……」

「マンパワー的に受け入れ可能な研究員とマッチングして、はじめて採用が決まるのではないでしょうか」

ホームズさんの言っていることは分かるが、私には疑問が残った。

というのも、とホームズさんが続ける。

「京博も人手不足です。忙しい分野の担当者はどんなに優秀な学生がきても、面倒を見られない可能性が高いです。秋の特別展を控えていますしね」

私はようやく納得して、大きく首を縦に振る。

「秋の特別展を担当する研究員さんは、インターンを受け入れる余裕がない可能性があるということですね」

そうです、とホームズさんはうなずいて、スマホを手に取る。

「今年の秋は、『陶磁器』と『彫刻』、そして『絵画』がメインのようですね」

京博のサイトには、年間のスケジュールが掲載されているのだ。

となると、と私は天井を仰ぐ。

「『陶磁』『彫刻』『絵画』以外を選択した方が、採用される可能性が高くなるかも……ということですね？」

「ええ、あくまで今回のケースで考えた場合ですが。かといって、これまで学んでいない分野でのチャレンジは厳しいでしょう。恐ろしく高い倍率でしょうし……」

そうですよね、と私は洩らし、あらためて募集要項に目を落とす。

絵画、彫刻、陶磁、染織・金工・漆工、考古、書籍・典籍・古文書、保存、マネージメント……。

私はごくりと喉を鳴らして、ホームズさんを見た。

「『マネージメント』で、チャレンジしようと思います」

彼は、にこりとして、首を縦に振る。

「僕もそれが良いと思います。あなたはサリーの特待生です。ニューヨークで展示、そして小規模ですが、円生《えんしょう》の絵画展を成功させた実績を持っています。その経験は、大きな武器です」

では、とホームズさんが続けた。

「応募締め切りは、六月中旬です。それまでに完璧な応募書類を作り上げましょう。キーとなるのは、応募理由ですよ」

はいっ、と私は直立して、元気よく返事をする。

それから、応募締め切りまで、私は応募理由を何度も書き、ホームズさんに見てもらった。

何度も理由を書いたのは、すべて『これでは通りません』と駄目出しを受けたからだ。

私は自分のやってきたことを伝えるのが苦手だった。

どうしても、控えめな表現になってしまう。

『多少のハッタリも必要ですよ！』

と、ホームズさんに活を入れられ、ようやく応募理由が完成。

おかげで書類選考を通過し、その後に面接を受け、七月末に通知が届いた。

結果は、めでたく採用。

早速、八月からインターンシップがスタートした。

＊

——そうして、三週間の時を経て、今に至る。

最終日の今日、私は京阪《けいはん》『七条駅《しちじょう》』で降りて、京博に向かって歩いている。

煉瓦造りのレトロで瀟洒《しょうしゃ》な『明治古都館』と、ガラスのファザードが美しい現代建築の

『平成知新館』を眺め、そっと頬を緩ませる。

自分がこの素晴らしい場所でインターンシップを経験できたのは、まさに奇跡だ。

ひとえにホームズさんのサポートがあってのこと。あらためて彼の凄さを感じた。

「──それにしても」

インターンの件以外にも、今年は春から夏にかけて色々なことがあった。

「あらためて、本当に怒涛の日々だった……」

今回は、私と私の周りで起こった、まるで真夏の夜の夢のようなお話──。

第一章　バースデー滋賀散策

1

『清貴さん、お誕生日おめでとうございます！

いつもありがとうございます。ささやかですが、誕生日プレゼントを用意させていただきました。日野《ひの》さんのペンションの宿泊券です。

近場ですが、ホームズさんとプチ旅行できたら嬉しいと思っています。

車の花器と風船の形をした花は、これからもあなたと人生という旅をご一緒できることを願って作りました。（誕生日プレゼントを考えるのにチラチラ観察して、不審者になっていてごめんなさい）　葵より』

二月十四日のホームズさんの誕生日。

私は琵琶湖《びわこ》の畔《ほとり》にある日野さんのペンションの宿泊券を贈った。

ちなみに日野さんとは、ホームズさんの高校の先輩である。

誕生日のプレゼントということで、本当はすぐにでも宿泊券を使いたかったのだけど、たまたま週末の天気が悪かったり、互いに用事があったりして、まごついているうちに二月が終わってしまい、結局、三月の週末に出発することになったのだ。

私はホームズさんの車――光岡《みつおか》自動車のビュートの助手席にいた。

車は今、『志賀越《しが》え』という白川通りと滋賀県を結ぶルートを走行している。途中、比《ひ》叡山《えいざん》を経由するため、このルートは『山中越え』とも呼ばれていた。

山沿いに『不動院』や『天然ラジユム温泉湧出元 地蔵谷 不動温泉』という看板と赤い旗、レトロな建物が目に入り、私は思わず窓に顔を近付ける。

「温泉があるんですね」

「『不動温泉』は、左京区で一番の老舗温泉です。なんでもお寺の境内の工事をしていた際、花崗岩《かこうがん》から湧き出す鉱泉が発見されたとか……。作業で怪我をした人たちが、鉱泉で傷口を洗ったところ、治りが早かったそうで、『おたすけ水』と呼ばれるようになったそうですよ」

彼の話を聞いて、私は今一度、不動温泉の方に目を向けた。

山に同化しているような、独特の風情がある。

「本当に、効能・効果がありそうな雰囲気ですね」

「そうですね。パワースポットとしても知られていますし」

比叡山の麓ですもんね、と私は納得した。

ふと思い出して、私はバッグの中から日野さんから届いたペンションのDMを出す。

「日野さんのペンション、『客室温泉付き』と書いていますが、琵琶湖にも温泉はあるんですね？」

「ええ、琵琶湖周辺は、『おごと温泉』が有名ですが、日野さんのペンションがある長浜《ながはま》も温泉が出るんですよ」

楽しみです、と私はにっこりして応える。

今日は、せっかくの旅行なのだからと早朝に出発した。滋賀のあちこちを見てまわって、夕方、ペンションに到着する予定だ。

ふと桜の蕾《つぼみ》が目に入り、私は急に申し訳なくなって、両手を合わせる。

「ごめんなさい、ホームズさん。もう誕生日から一か月近くも経ってしまっていて」

いえいえ、とホームズさんは微笑みながら首を横に振る。

「お互いにバタバタしていましたし、楽しみが先にあって嬉しかったですよ」

「ホームズさん……」

彼はいつも相手の心に負担を抱かせない言葉を返してくれる。それは私にだけではなく、他の誰に対してもだ。

彼のこういう心遣いができるところが、素敵だと思う。

「……あまりに楽しみすぎて、この旅行が終わったら僕はどうなってしまうんだろう、と本気で思っていたくらいです」

急に真剣な表情でつぶやいたホームズさんに、私はごほっとむせた。

「ああ、でも、五月には葵さんの誕生日が控えていますね。次はそれを楽しみに生きていこうと思います」

ホームズさんは、そう言ってにっこりと笑う。

負担は感じなかったけれど、しっかり重さは受け取った。

私の誕生日にまた、高価すぎるものを贈られたらどうしよう。いや、前にちゃんと伝えたから、もう分かってくれているはずだ。

私は、そんなことを思いながら、若干頬を引きつらせて笑みを返す。

「いつも重くてすみません……誕生日は葵さんの負担にならないよう、それでも心を込めたものを、と思ってますので」

すかさずそう洩らしたホームズさんに、私はまたむせる。

ホームズさんは、将来を有望視された鑑定士。そんな彼は、鑑定眼だけではなく、洞察力も鋭く、時に心を読んでいるのでは、と思うほどだ。

私は気を取り直して、背筋を伸ばす。

「私の誕生日の前に、今日は遅ればせながらホームズさんの誕生日をお祝いする旅行なんですから、しっかり楽しみましょうね」

私が強い口調で言うと、ホームズさんは、はい、と嬉しそうに答える。

子どものような笑顔に、つい胸がきゅんとした。

車は山頂へと向かい、やがて比叡山ドライブウェイのゲートを通り抜けた。

2

最初の目的地は、京都の北東であり、琵琶湖の南西側。『比叡山』と聞いて真っ先に頭に浮かぶお寺――『延暦寺《えんりゃくじ》』だ。

「最澄《さいちょう》が開いたこの寺は、空海《くうかい》が開いた高野山《こうやさん》の金剛峯寺《こんごうぶじ》と並び、日本仏教の聖地です」

私たちは車から降りて、総本堂に向かって歩いていた。ホームズさんはいつものように説明してくれている。

「この地は京都にとって鬼門にあたります。鬼門とはその名の通り、悪しきものが入り込む地。そこに寺を建てることで、鬼門を封じたと言われています」

そういえば、と私は顔を上げた。

「石清水八幡宮《いわしみずはちまんぐう》も鬼門を封じていましたよね」

そうです、とホームズさんはうなずいた。

「京都から見て北東の延暦寺は『鬼門』、南西の石清水八幡宮は『裏鬼門』、この二つは、古より京都を守護する社寺として重要視されてきました」

でも、と私は確認を兼ねて訊ねた。

「京の都を守護している延暦寺は、滋賀県のお寺なんですよね？」

それがですね、とホームズさんは腕を組む。

「延暦寺の境内は約一七〇〇ヘクタール――比叡山一帯と麓の辺りまでと広大です。その広い境内に点在する約一〇〇もの御堂の総称を『延暦寺』というんですよ」

一七〇〇ヘクタールと聞いてもピンと来ない。

そんな私の考えを察したのだろう。

ホームズさんは、ふふっ、と笑って人差し指を立てた。

「東京ドームに譬《たと》えると約三六三個分、甲子園《こうしえん》球場なら五〇〇個ほどだとか」

「あ、それならピンときます」

私はそう答えたあと、小さく笑った。

「実のところ東京ドームの大きさなんて把握していないのに、東京ドームに譬えると、なんとなく大きさが分かる気がするのはなんなんでしょうね」

「たしかに、この譬え方は日本人特有のものですよね」

とホームズさんも微笑んで、話を続けた。

「そんな比叡山ですが、ちょうど京都府と滋賀県の境目にあるんです。山頂の駅や展望台は京都府ですが、比叡山に点在する御堂の多くは滋賀県。さらに寺務所も滋賀県側なので、延暦寺の住所は滋賀県なんです」

ですが、とホームズさんは少し難しい顔をする。

「京都にとって延暦寺は歴史的関わりも深く、なおかつ比叡山の一部は自分の管轄ということで、まったく無関係でもないという、非常に微妙な感じなんです」

延暦寺は滋賀県のお寺でありながら、『京都市の観光地』のような雰囲気もある。

どうしてなのだろうと、これまで疑問だったのだが、そういう事情があったのか、と私は腑に落ちた。

「ホームズさんは、延暦寺は京都と滋賀、どっちのお寺だと感じていますか？」

「まぁ、総本堂が滋賀側にありますから、滋賀県でしょうね。それに、延暦寺を開いた最澄も滋賀県出身ですし」

そうだったんですね、と私がうなずいていると、ホームズさんは歩きながら、さて、と視線を先に向けた。

「広大な延暦寺は、地域別に、北を『横川《よかわ》』、東を『東塔《とうどう》』、西を『西塔《さいとう》』と、三つに区分されています。これを『三塔』といってそれぞれに本堂があります」

ですが、とホームズさんは続ける。

「すべてを回る時間がないので、今回は延暦寺の総本堂『根本中堂《こんぽんちゅうどう》』がある『東塔』を参拝しましょう」

はい、と私は張り切ってうなずく。

「『文殊楼《もんじゅろう》』が延暦寺の『山門』です。徒歩でここまで来た場合は、最初に『文殊楼』をくぐります」

と、ホームズさんが言ったため、私たちは駐車場から遠い、『文殊楼』の前へと回った。

荘厳な楼門だ。かつては、鮮やかな朱色だったのだろうが、今は随分と色が褪せている。

しかし、それが歴史の深さと情緒を感じさせる。

「知恵の仏様、文殊菩薩をお祀りしているんですよ」

私たちは一礼をして、『文殊楼』をくぐり、手水舎《ちょうずや》で手や口を清めてから『根本中堂』へ向かう。

「最澄が比叡山上に、草庵《そうあん》――草葺《くさぶ》きの小さな庵を構えてから三年後の延暦七年（七八八年）。現在の『根本中堂』の場所に御堂を創建しました……それがすべてのはじまりですね」

草庵は、やがて『一乗止観院《いちじようしかんいん》』と呼ばれるようになったそうだ。

「『中堂』というのは、当時、薬師堂、文殊堂、経蔵という三つの御堂の中心に位置していたからだそうです。この三堂は、後に一つにまとめられ、『中堂』という名だけが残ったとか」

私たちはそんな『根本中堂』の中に足を踏み入れる。御堂の南側に中庭が配置され、ぐるりと回廊が囲んでいる寝殿造《しんでんづくり》だ。平安時代の屋敷を彷彿とさせる。

何度も焼失しているが、そのたびにちゃんと再建されているという。

「ご本尊は秘仏なのでお目に掛かれませんが、最澄が自ら彫った『薬師瑠璃光如来《やくしるりこうにょらい》』と伝えられています。最澄は彫り上げたご本尊の前に灯明をかかげ、以来一二〇〇年、その灯火は、一度も消されていないそうです」

えっ、と私は訊き返す。

「これまで一度も、最澄が灯した火が消えていないんですか？」

「はい。織田信長《おだのぶなが》の焼き討ちの際は、火を他に移して失火を間逃れたそうです。そのため、『根本中堂』の灯火は、『不滅の法灯《ほうとう》』と呼ばれているんですよ」

人が紡《つむ》ぐ想いの強さを感じて、胸が熱くなった。

私たちは『根本中堂』を後にして、『大講堂』、『阿弥陀堂《あみだどう》』、『法華総持院東塔《ほっけそうじいん》』に詣る。

建物を出て、境内を歩いていると、琵琶湖や京の町を眼下に見下ろせた。

「わぁ、絶景ですね」

「ええ、仙人というより、少しセレブの気分になりますね」

そう言ったホームズさんに、私は思わず笑ってしまった。

「あ、たしかに、タワーマンションからの眺めに近いものが……」

「最澄のように徳の高い人物ならば、問題はないんでしょうが、もし未熟な者がこのような場所で修行し、力を持ってしまったなら、世界を手中におさめたと勘違いしてしまいそうですよね」

織田信長が比叡山を焼き討ちしたのは、延暦寺が信長の敵であった浅井・朝倉側についたからだと伝えられている。しかしそれだけではなく、当時の僧侶たちの心が腐敗していたためだという説もあった。贅の限りをつくし、肉を食して、酒を飲み、女性を呼んで乱れに乱れていたと――。

なにもかもを見下ろせる高い場所に住み、権力と金をつかんだならば、ホームズさんが言ったように世界を手に入れたと勘違いしてしまうこともあるかもしれない。

もし、最澄が生きていたら、どう思っただろう？

苦々しい気持ちになって、私は目を伏せる。

「とはいえ、ここは素晴らしい僧も多く輩出しているんですよ。延暦寺は日本仏教の『母山』とも呼ばれているほどです」

「ぼざん？」

「母なる山と書いて『母山』です。浄土宗《じょうどしゅう》の法然《ほうねん》、浄土真宗《じょうどしんしゅう》の親鸞《しんらん》、臨済宗《りんざいしゅう》の栄西《えいさい（ようさい）》、曹洞宗《そうとうしゅう》の道元《どうげん》、日蓮宗《にちれんしゅう》の日蓮《にちれん》、時宗《じしゅう》の一遍《いっぺん》など、日本仏教の開祖となった名僧が誕生しているんですよ」

「名僧たちの教えの大本は、最澄の教え――つまりは、『天台宗《てんだいしゅう》』だったということですよね？」

そうですね、とホームズさんが答える。

「元々は同じ教えだったのに、こんなに宗派が分かれてしまっているんですね。少し不思議な気がします……」

現代の日本は平和だけれど、世界中のあちこちで宗教戦争が勃発している。

もし、教えが一つであれば争いが起きないのではないか、という考えが頭を過る。

「一つの教えからたくさんの考え方、宗派が生まれるのは仕方ないというか、むしろ当然のことだと思います」

「そうでしょうか？」

「それぞれに解釈がありますから。悟りにしても、師匠と同じ方法で悟れる弟子もいれば、そうでない弟子もいる。すべて師匠の真似《まね》をし、やり方をなぞるのではなく、良い教えを取り入れて、それを自分の糧《かて》とし、自分なりの答えを導き出すというのは、人として大切なことだと思います」

ホームズさんの言葉を聞いて、そうかもしれない、と私は黙り込んだ。

「私——仏教について詳しくはないんですが、修行をするのは、悟りを開くためなんですよね？」

そうですね、とホームズさんはうなずく。

「『悟り』って、そもそもなんなんでしょう？」

「仏教においては、『この世の真理』に気付く、すなわち、『この世界の理《ことわり》』を知るということでしょうか」

「それって、難しいことですよね。『この世の真理』なんて、生きているうちに分かるものなんでしょうか？」

うーん、と私は腕を組んで唸り、独り言のように洩らした。

「そして、悟りって仏教に帰依しないと、開けないものなんでしょうか？」

ふふっ、とホームズさんは笑う。

「『天台宗』では、悟りに至る方法を万人に開放しているそうですよ」

「万人に開放？」

「悟りを開くためには、念仏を唱え、瞑想《めいそう》や座禅——つまりは仏教的な修行をしなくてはならないんじゃないか、と思いがちですが、天台宗は茶道や華道、絵画や彫刻などの技芸の道であったり、人間関係や子育てなど、『方法は人それぞれで良い』と。そこに真実を探し求める『心（道心）』があれば、それが悟りに至る道だと、説いているんです。時に滝に打たれるよりも、複雑な人間関係の中で生きていく方がつらい場合もあるでしょう。人が普通に生きていくのも、真理を知る修行ということですね」

ホームズさんの言葉が胸に響き、私は大きく首を縦に振った。

昔、自分を振った彼氏が、その後すぐに親友と交際をはじめたという話を聞いた時は、胸が引き裂かれるようなショックを受けた。

だけど、今当時を振り返っても、あの時の痛みは感じない。

自分は、あの問題にしっかり向き合って、過去を清算したからだ。

そうしたことも、もしかしたら人生の修行と言えるのかもしれない。

「なんとなく分かります。人間関係でのゴタゴタで苦しんでいる時って、滝に打たれた方がマシじゃないか、って思ってしまいそうなものですし。あっ、もちろん、滝に打たれるのは、大変なことだと思うんですが」

私はそう言った後、目の前の景色を仰いだ。

「でも、やっぱり、『悟り』って難しいですね」

「『悟りを開く』という言い方が仰々しいんだと思います。僕が思うに……」

そこまで言って、ホームズさんは口を閉ざした。

私の背後を見て、呆然と目を見開いている。

どうしたのだろう、と振り返り、私も驚いて息を呑んだ。

「奇遇やな、ホームズはんに葵はん」

円生――（本名・菅原真也《すがわらしんや》）だった。

帽子をかぶり、黒革のジャンバーにジーンズ姿だ。

彼を前にしたホームズさんは、思わぬところで会った驚きとともに、どこかホッとしたような表情を見せた。その刹那、忌々しげに顔を歪ませる。

「本当に奇遇ですね。あなたは今までどこに行っていたのでしょう？」

彼は、今から約一か月前――。

二月十四日に開催した出町枡形商店街での展示会を訪れたのを最後に、姿を消してしまっていた。下宿先である小松探偵事務所には、『お世話になりました』というメモを残して、荷物をすべて引き払っていたのだ。

アトリエである化野《あだしの》のアパートに帰っている形跡もなく、音信不通になっていた。

「ちょっと京都の町を見下ろしたいと思て、ここに来てん。そしたらあんたらに会うて。ほんま、腐れ縁やな」

と、円生さんは愉快そうに笑う。

「質問の答えになっていません。あなたは今までどこに？」

「それ、答えなあかんの？」

彼の歪んだような笑みを見て、ホームズさんは同じように口角を上げる。

「もちろん、答える必要はありませんよ。小松さんが心配をしていましたが、見たところお元気そうでなによりです」

小松さんが、と言ったけれど、実のところホームズさんも随分心配していたのだ。

しかし当の本人は人の心配など、どこ吹く風という様子だ。

ホームズさんは、苛立ちを隠せず、踵を返した。

「葵さん、行きましょう」

えっ、と私は戸惑いながら、二人を交互に見る。そして、円生さんの許に向かった。

「円生さん、あらためて、バレンタインの展示会ではありがとうございました。私も円生さんが音信不通と聞いて、心配してたんです。本当に元気そうで良かった」

私がそう言うと、彼は瞳を揺らし、目の前の景色に顔を向けた。

「──花のまにまにやな」

私は「えっ？」と訊き返す。

円生さんは、ふっ、と優しく笑い、ほな、と背を向ける。

歩き去るその後ろ姿を見送りながら、なんだか胸騒ぎを覚えた。

思わず追い掛けそうになるも、彼の微笑みがとても穏やかだったのを思い出して、私は踏みとどまる。

「葵さん」

と、ホームズさんが肩に手を置いた。

「あっ、ごめんなさい。私も心配だったもので……」

「いえ、彼はなんて？」

「ええと、特には……ただ」

「ただ？」

「『花のまにまにやな』と……」

そうですか、とホームズさんは静かに洩らす。

「僕があの場から離れたら、あなたにはなにか話すかと思ったんです」

彼が怒ったように踵を返したのは、あえてしたことだったようだ。

「まぁ、体に力が入っている様子もないですし、大丈夫そうですね」

と、ホームズさんは、円生さんの背中に視線を送り、安堵《あんど》の息をつく。

「では、行きましょうか」

彼は気を取り直したように、歩き出す。

そのまま私たちは、延暦寺の東塔を後にした。

3

比叡山の麓には、『日吉大社』という神社がある。全国の日吉、日枝《ひえ》、山王《さんのう》神社の総本宮であり、その歴史は延暦寺よりも古いという。

延暦寺から滋賀側へ降りたのなら、ぜひここも、というホームズさんの言葉に従い、私たちは日吉大社を訪れていた。

「最澄が、比叡山に御堂を建立した際、比叡山の地主神をお祀りしているこの日吉大社（当時は日吉社）を、守護神として崇敬したそうですよ」

と、ホームズさんは、日吉大社の鳥居を仰ぎながら話す。

鳥居は、上部に三角形の破風《はふ》が載ったかたちをしていた。

「珍しいかたちの鳥居ですね」

「こちらは、『山王鳥居』と言いまして、仏教と神道の合一を表しているそうですよ」

私は、へぇ、と洩らして鳥居を見上げる。

「延暦寺と手を取り合ってきたからでしょうか」

「そうかもしれませんね。ここも鬼門を護《まも》るお社として、『方除《ほうよ》け』『厄《やく》除け』などのご利益で知られているんです」

私とホームズさんは山王鳥居を前に一礼をしてから、境内の奥へと進む。

「境内には約四十ものお社がありまして、日吉大社はその総称です。主祭神は西本宮、東本宮の二柱で……」

と、ホームズさんは説明してくれる。

私たちは主祭神を祀っている西本宮と東本宮をお詣りし、境内をのんびり歩く。

境内を見回して、私の頬が緩んだ。

「本当に、お猿さんがあちこちにいるんですね」

日吉大社の境内には、猿にまつわるものが多い。『猿塚《さるづか》』『神猿舎《まさるしゃ》』『猿の霊石』、そして猿の彫りもの。神札授与所を覗くと、猿（申）の授与品がたくさん揃っている。

「日吉大社といえば、古来より『猿』と言われています。『魔が去る』、『勝る』ということで、魔除けの象徴として大切に扱われてきました」

「『神猿』と書いて『マサル』と読むんですよね。実は前に、日吉大社について書かれた小説を読んだことがあって知ってるんですよ」

「滋賀のお話なんですか？」

「いえ、主な舞台は京都です。京都府警に妖を退治する課があるというお話で……」

「妖退治ですか。澪人《れいと》くんみたいですね」

「澪人さんとは、ちょっと雰囲気が違っていまして。その作品では特別な刀や長刀を使って、妖とバトルするんです」

そんな話をしながら車に戻り、そろそろお昼だからと、比叡山の麓の町・坂本《さかもと》にある延暦寺御用達の蕎麦屋へ向かう。

車を走らせていると、見てください、とホームズさんが窓の外に目を向けた。

そこには、石垣の壁があった。よく見ると石の大きさがバラバラだ。

「あんなに大きさが違っているのに、綺麗《きれい》に積まれていますね」

「あれは、安土桃山時代に活躍した『穴太衆《あのうしゅう》』と呼ばれる石垣築城の技術者の技です。『穴太積《あのうづみ》』という自然の石を積み上げていく独特の技法で、美しく頑丈な石垣を作り上げます。坂本は『穴太衆』発祥の地でして、今も手掛けた石垣がこうして残っているんですよ。そうそう、『穴太衆』について書かれた小説もありますよ」

「もしかして、直木賞をとった作品ですか？」

「そうです。ロマン溢れる時代小説ですよ」

私は、へぇ、と洩らしながら窓に顔を近付けて、石垣に目を向ける。

大きさが異なる様々な石が、パズルのようにかっちり組み合わさって積まれていた。

「関西……というか、西日本って、本当に歴史が深いですよね」

京都だけじゃない。ひとつ山を越えた先にも、歴史を作った者たちの軌跡がこうして残っている。

「そうですね。人が生きてきた地には、どこも紡がれた想いや技術——歴史があるものですが、西日本にはそうした歴史の痕跡がしっかり残っているんですよね」

本当に、と私は強く相槌をうつ。

「ドラマを感じます」

「さぁ、お昼にしましょうか」

「はい!」

私たちは、坂本の蕎麦屋でランチをとると、再び車に乗り込んだ。

琵琶湖は長浜側を湖北とし、湖西、湖東、湖南と、四つのエリアに分けられている。

私たちは湖西道路(一六一号線)を、湖北に向かって走っていた。

暖かい春の午後、湖を眺めながらのドライブは爽快だ。

やがて、湖に鳥居が浮かんでいるのが見えた。

えっ、と私は思わず前のめりになる。

「ホームズさん、湖の上に鳥居が」

「『白鬚《しらひげ》神社』の鳥居ですよ。創建は約一九〇〇年前。近江《おうみ》最古の神社と言われています」

「素敵ですね。……行ったことはないんですけど、厳島《いつくしま》神社みたいです」

「『近江の厳島』なんて呼ばれてもいるんですよ。僕は厳島神社へ行ったことがあるのですが、印象が違っていますね。厳島は荘厳で圧倒される空気を持っています。が、水上の鳥居をパッと見た際の不思議な印象は、ここ、白鬚神社の方が強いかもしれません」

「たしかに、夢の中で見る景色のような不思議な感覚がします」

真っ青な湖の上にそびえる朱塗りの大鳥居は、まるで別の世界への入口のようにも見えて幻想的だ。早朝や黄昏時は、ゾッとするほどに美しいのではないだろうか。

白鬚神社の鳥居を眺めながら、一六一号線を走る。途中、湖から少し離れて、メタセコイヤ並木を通り抜けた。まさに木のトンネルである。

ここには、木々の葉が美しい季節に、もう一度来たいと心から思った。

「そうそう、せっかく滋賀まで来たのですから『サラダパン』も食べたいですね」

「『サラダパン』って？」

「滋賀のパン店『つるやパン』の名物パンなんです。コッペパンにたくあんとマヨネーズをあえたものが挟まれているんです」

「えっ、たくあんですか？」

「これが、絶妙な味わいで美味しいんですよ」

道中、そんな話をし、車はやがて湖北エリア、長浜の『黒壁《くろかべ》スクエア』に到着した。

車を降りて、私はホームズさんの説明を聞きながら、のんびり歩く。

長浜の北国街道沿いに、伝統的な建築物を活用したレトロな街並みがある。

その一角の総称を『黒壁スクエア』という。

ここは元々、銀行――『黒壁銀行』の愛称で親しまれた、明治時代から続く古い銀行――を改装した『黒壁ガラス館』を中心に、古建築を生かした美術館、ギャラリー、ガラス工房、カフェ、レストランなどが立ち並んでいた。

「黒壁は、特にガラス工房が有名で、『ガラスの街』として知られているんですよ」

と、ホームズさんは話す。

明治時代を彷彿とさせる洋風建築に、町家を生かした和風の建物が違和感なく軒を連ねている。

遠くに見える『黒壁ガラス館』はその名の通り、黒い壁が印象的な瀟洒な建物だ。

滋賀にこんな素敵なところがあったなんて、と感激していると、

「特にこの『黒壁ガラス館』は葵さんがガラスに興味を持ち始めた頃から、一度お連れしたいと思っていたんですよ」

そう続けたホームズさんに、私の胸は震えた。

目頭が熱くなって俯くと、彼は私の心情に気付かないのか、それとも気付かぬ振りをしているのか、不思議そうに振り返った。

「どうされました？」

「感激していました」

「それは嬉しいですね」

行きましょうか、とホームズさんに手を差し伸べられて、私ははにかんでその手を取る。

情緒のある街並みを眺めながら、『黒壁ガラス館』へ向かう。修学旅行生なのか、建物の前には中高生の姿も多く見受けられる。

『黒壁ガラス館』の中に入ろうとした際、外国人観光客がホームズさんを呼び止めて、道を訊いてきた。彼は笑顔で対応している。

入口の前にいた私は邪魔になってしまうからと、一足先に建物の中に入った。

自分も英語をがんばらなくては……、と思っていると、どこからか女の子の囁《ささや》きが聞こえてきた。

「――大丈夫。私たち二人が誤魔化《ごまか》せば」

「――う、うん。分かった」

なんのことだろう？

声の主を探そうとした時、

「お待たせしました」

と、ホームズさんが建物の中に入ってきた。

「道案内できましたか？」

「はい。今の方は、日本中あちこちをまわっているそうで、『この辺りは小樽《おたる》に似てますね』と仰ってましたよ」

「あっ、たしかに、小樽もガラスで知られていますね」

そんな話をしながら、私たちは『黒壁ガラス館』の中を見てまわる。

ヴェネツィアンガラス、ボヘミアンガラス、トルコガラス、そして日本の切子、ここには、世界中のガラスが集まっている。希望者はガラスづくりの体験もできるそうだ。

店内にはトンボ玉やビードロ、ガラスフラワー、ガラスのアクセサリーなどのガラス細工品が揃っていて、見ているだけでワクワクして胸が高鳴る。

「ホームズさん、ここ、素敵すぎます……」

「なにかほしいのがありましたら……」

「大丈夫です、自分で買います」

私は即座に宣言した後、

「私、ガラスペンが大好きなんです。綺麗ですよね」

美しいガラスペンに目を向けた。

「ああ、ガラスペン、良いですよね。ぜひ、あなたにプレゼントしたいので、互いに贈り合うというのはどうでしょう?」

「それは良いですね」

「僕のペンを選んでいただけますか？」

「やっぱり、藍色か深緑でしょうか。私にはどれが良いと思いますか？」

「葵さんは、この薄紅色とか、葵の葉のような翡翠《ひすい》色も良いかなと」

「わあ、嬉しいです」

ガラスペンを前にきゃっきゃと喜んでいると、おや、とホームズさんがなにかに気付いたように、隅の方に視線を送った。

そこには、生徒たちが深刻な顔で一列に並び、

「それで、誰が割ったの？」

と、女性教諭が問い詰めている姿があった。

五人の女子生徒は、先生を前にまごまごしているだけで、口を開こうとしない。

「割ってしまったのは仕方ないとして、ちゃんと言ってほしいの」

そう言うも、女子生徒たちはだんまりだ。

先生が、困ったように頭に手を当てていると、スタッフがやってきた。

「もう片付けは終わりましたので。お怪我《けが》はございませんか？」

スタッフの問いに、女子生徒たちは「大丈夫です」と控えめに答えている。

「あの、本当に申し訳ございませんでした」

と、先生はスタッフの許に歩み寄り、深々とお辞儀した。

スタッフは、いえいえ、と首を横に振って、奥へと下がっていく。

先生が、ふう、と息をついて、顔を上げる。彼女は私たちの視線を察知したのか、こちらを見て、あっ、と口に手を当てた。

「――もしかして、家頭先輩?」

彼女はそう言って、こちらに向かってきた。

「お久しぶりです、沢田さん」

「やっぱり、家頭先輩。全然変わってないんですね」

「最後にお会いしたのは、僕が高三の時ですよ。さすがに変わったでしょう」

「もちろん大人っぽくなって男前度も増しましたけど、すぐに分かりました」

そんな二人の様子を見て、私はぽかんとして訊ねた。

「ホームズさんのお知り合いだったんですね?」

ええ、とホームズさんは、微笑む。

「沢田秀美《ひでみ》さん、彼女も高校時代の生徒会の役員で、後輩なんです――」

彼女も、と言ったのは、これから向かうペンションのオーナー、日野さんもホームズさンと高校時代に同じ生徒会役員だったからだ。

ホームズさんは、私のことを沢田さんに「僕の婚約者の真城葵さんです」と紹介した。

私も「真城葵です」とお辞儀をする。

すると沢田さんは小さく笑った。

「家頭先輩、今も『ホームズ』って呼ばれてるんですね。変わらず探偵みたいにトラブルとか解決しているんですか？」

その言葉を聞いて、えっ、と私は戸惑いながらホームズさんを見た。

「ホームズさんって、高校の頃からそんな感じだったんですか……？」

「いえいえ、そんな。何度も言いますが、僕が『ホームズ』と呼ばれていたのは、苗字が家頭だからですよ」

と、ホームズさんはいつもの返しをしてから、沢田さんに視線を移す。

「沢田さんは、今は学校の先生なんですね？」

「はい。今は高校の教員をしていて、今日は研修旅行でこの『黒壁スクエア』に来たんやけど……、なんだか、お恥ずかしいところを見られてしまって」

「見たところ、誰かが商品を割ってしまったのでしょうか？」

ええ、と彼女は、苦々しい表情で首を縦に振り、

「実は……」

と、事情を話し始めた。少し前、『黒壁ガラス館』の二階フロアはたまたま人がおらず、生徒たちの貸し切り状態だったそうだ。

生徒たちは、五人。

幾島愛子《いくしまあいこ》、海藤伊織《かいどういおり》、北川静香《きたがわしずか》、国仲妙子《くになかたえこ》、曽根真美《そねまみ》。

彼女たちは仲良しグループというわけではなく、五十音順に分けられた班だという。

「生徒たち五人を残して、私はお手洗いに行って。戻ってきたら、ワイングラスが割れていたんです。それが、なかなか高価なグラスで……」

その時も二階には、生徒以外、誰もいなかった。

驚いた沢田さんは、誰が割ったのかと問い詰めたが、皆はなにも言わない。

とりあえず、生徒たちにガラス館のスタッフを呼んでくるよう伝え、謝罪と後片付けを終えたところだという。

「で、今、あらためて話を聞いていたところで……」

しかし、生徒たちはみんなだんまりだそうだ。

「わざとじゃないのは分かっているので、正直に打ち明けてほしいんですけど……」

と、彼女は小声で言って肩を落とした。

ふむ、とホームズさんは腕を組む。

「沢田さん、五人を集めて全員にではなく、一人ずつ話を聞いてみるのはどうでしょう。人前では話せないこともあるでしょうし」

ホームズさんの提案に、彼女は、本当ですね、と洩らす。

「そうすることにします。あの、家頭先輩にも立ち会っていただきたいのですが……。家頭先輩、人の心が読めるようなところがありますし」

ホームズさんはやはり、昔から変わらないようだ。

そうして、沢田さんは一人ずつ話を聞くことにした。

誰もいない階段の踊り場に、最初の生徒――愛子さんを呼ぶ。

髪はセミロング。目力があり、真っすぐに沢田さんを見ている。

真面目で快活そうな少女だ。

「私は、割っていません」

「なにか知ってることはある？」

と、沢田さんが問うと、愛子さんは目をそらした。

「……私は伊織とずっと一緒にアクセサリーのコーナーにいたのでよく分かりませんが、

とにかく、私と伊織ではありません」

二番目に、愛子さんの話に出てきた伊織さんから話を聞く。

彼女は肩より長い髪を後ろに一つに纏め、眼鏡をかけた優等生タイプの少女だ。

「私は、割っていません。ずっとアクセサリーを見ていました」

「それじゃあ、なにか知っていることは？」

沢田さんの問いに、伊織さんは目だけで天井を仰ぐ。

「ワイングラスのコーナーにいたのは、真美さんでした」

伊織さんは明言を避けたが、割ったのは真美さんではないか、と伝えていた。

三番目は、静香さん。おっとりした印象だ。困ったように眉尻を下げながら、頬に手を当てている。

「えっと、私じゃないです」

「なにか知ってることはある？」

沢田さんは、優しい口調で訊ねる。

すると彼女は、弱ったように首を捻った。

「分からないんですが、愛子さんはずっと二階のフロアをふらふらしていたし、妙子さんはグラスコーナーにずっといたから、愛子さんか妙子さんだと思います」

静香さんは、愛子さんか妙子さんではないかと証言した。

四番目は、妙子さん。セミロングの髪を綺麗に巻いている。高校生とは思えぬ大人びた印象であり、家が裕福なのか、ブランド物の時計をつけていた。

そんな彼女は少し気だるそうに言う。

「とにかく、私ではないです」

「それじゃあ、気付いたことはある？」

沢田さんは、すがるように訊ねた。

妙子さんは小さく息をついて、腰に手を当てる。

「知らないけど、私は、伊織か静香じゃないかって」

最後は、真美さんだ。化粧をし、制服を着崩しており、一言でいうと派手なタイプだ。

彼女は露骨に面倒くさそうに言う。

「えー、もー、私じゃないです」

「なにか知ってることがあれば……」

「なんにも知らないけど。鈍くさい愛子か静香が割ったんだと思います」

すべての生徒たちからの話を聞き終え、沢田さんは、ああ、と頭を抱えた。

「嘘を突き通したうえに、ここまで罪をなすり付け合うなんて」

情けない、と彼女は悔しそうに洩らす。

ここまで本当のことを話してくれないとなると、教師としては落ち込んでしまうだろう。

私が彼女の気持ちを推し量っていると、ホームズさんは人差し指を立てた。

「おそらく、全員が嘘をついていますね」

えっ、と私と沢田さんが揃って声を上げた。

「全員ですか？」

はい、とホームズさんはうなずく。

沢田さんが前のめりになって訊ねた。

「それって、彼女たちの挙動を見て、嘘をついていると思ったんですか？」

それもそうですが、とホームズさんは苦笑する。

「嘘をついていると思うのは、挙動からだけではありません。たとえば、五人の生徒たち全員が『犯人を知っている』と仮定しましょう。そうすると、沢田さんが最初に、皆の前で誰が割ったのかと訊ねた時、誰もなにも言わなかったのも納得がいきます。知っていたからこそ、皆の前で犯人を差し出すような真似はできなかったと考えられます。きっと、心優しい子たちばかりなのでしょう」

そして、とホームズさんは話を続けた。

「今、一人ずつから話を聞きましたよね。真相を知る生徒たちは当然、自分が犯人にされるのはごめんなはずです。このチャンスに犯人を伝えたかった。けれど密告者にはなりたくはない。そのため曖昧に言葉を濁しながら、『犯人』の名前と、誤魔化すための『もう一人』の名前を挙げているんです」

「それじゃあ、生徒たちは、犯人を教えてくれていた？」

「仮定の話ですがね」

ホームズさんはそう念を押すと、話を続けた。

「その上で、五人の証言を振り返ってみましょう。愛子さんは『自分と伊織さんは違う』と言った。彼女は『違う』と言っただけで、犯人の名前は口にしていません。伊織さんは『真美さん』と一人を名指しにし、静香さんは、『愛子さんか妙子さん』と二人、妙子さんは『伊織さんか静香さん』と二人、真美さんは『愛子さんか静香さん』と二人の名前を挙げました」

はあ、と私と沢田さんは相槌をうつ。

「逆に犯人ではないと証言された方に注目しましょう」

と、ホームズさんは、さらに続ける。

愛子さんは犯人ではない、と証言しているのは、二人。

伊織さんは犯人ではない、と証言しているのは、三人。

静香さんは犯人ではない、と証言しているのは、二人。

妙子さんは犯人ではない、と証言しているのは、三人。

真美さんは犯人ではない、と証言しているのは、三人。

「愛子さんと静香さんが、犯人ではないと証言している人が少ない。どちらかが犯人で、どちらかが誤魔化すために罪をなすり付けられている、とも考えられます」

私はごくりと喉を鳴らした。

どうかしました？　とホームズさんが私の方を見る。

「あの、実は私、意味深な囁き声を聞いたんです」

私は、この建物に入ってきた時のことを振り返った。

——大丈夫。私たち二人が誤魔化せば。

——う、うん。分かった。

思えば、あの時の声の主は、五人のうちの誰かだった気もする。

私はこの会話の内容をホームズさんに伝える。

「やはりそうでしたか。おそらく、沢田さんに『スタッフを呼んでくるように』と伝えられた際、生徒たちは一階に降りた。その時の会話を葵さんが耳にしたんだと思います」

そう言った後、ホームズさんが沢田さんに確認する。

「スタッフを呼びに行った生徒が誰なのか分かりますか？」

「その時は、みんなが散り散りになって動いてくれたので……」

と、沢田さんはおずおずと答える。

「では、話を戻しまして、五人が犯人を知っていたとします。オブラートに包みながらも多く名前が挙がったのは、愛子さんと静香さんです。そして犯人を名指ししなかった愛子さんを除いて、静香さんの名前を言わなかったのは、伊織さんです。こう考えると、一つの可能性が浮かび上がってきませんか？」

私は、もしかして、とつぶやく。

「伊織さんが静香さんをかばっていて、静香さんは愛子さんに罪をなすり付けている？」

そうですね、とホームズさんは首を縦に振る。

「その可能性が高い気がします」

「かばうためとはいえ、他の子の名前を挙げるなんて……」

と、沢田さんが落胆したように言う。

「これには彼女たちの私情がこもっているのでしょう」

「私情って、恨みがあるということ？」

「恨みというよりも、ちょっとした負の感情なのかもしれません」

たとえば、とホームズさんは人差し指を立てる。

「愛子さんは真っすぐで優しい子なのでしょう、彼女は誰の名前も口にしなかった。彼女が証言した、『伊織とずっと一緒にアクセサリーのコーナーにいた』というのは、真実でしょう。その伊織さんは絵に描いたような優等生タイプでした。そんな彼女は、化粧をして、制服を着崩すような真美さんが鼻についていた。だから、名前を出してしまった。

次に、静香さん。彼女はとてもおっとりしているタイプです。頼りになる伊織さんが大好きなのでしょう。そんな伊織さんと一緒に行動している愛子さんが目障りだった。そのため、愛子さんの名前を出してしまった。

次に、妙子さん。彼女はとても冷静な印象でした。伊織さんが、静香さんをかばっているのを見抜いていた可能性がある。そのため二人の名を口にした。

最後に真美さん。彼女は、見るからに良い子の愛子さんの存在が面白くなく、その名を出したかったのでしょう」

相変わらずなホームズさんの分析力だ。

沢田さんは、そんな彼を前にどこか恐ろしさを感じたようで、顔面蒼白になっている。

私はホームズさんの言葉を頭の中で反芻《はんすう》しながら、なにかが引っかかり、あれ？　と眉根を寄せた。

「静香さんは、愛子さん以外に、妙子さんの名前も出していましたよね？」

そうです、とホームズさんは強く首を縦に振る。

「そこに、今回の事件の鍵が隠されていると思うんです」

どういうことですか？　と私と沢田さんは、息を呑んでホームズさんの次の言葉を待つ。

「静香さんが、愛子さんと妙子さんの名前を出したのは、それぞれ別の妬みを持っていた――愛子さんに関しては、『伊織さんと仲が良いから』。妙子さんに対しては、『裕福だから』だったのではないでしょうか」

そう言うと、沢田さんは、否定も肯定もせず、苦々しい表情を浮かべる。

その様子から、静香さんの家庭の経済状況が厳しいのが伝わってきた。

「……さすがですね。家頭先輩の意見を参考にもう一度、じっくり話を聞いてみようと思います」

「そうしてください」

と、ホームズさんは優しく言い、ところで、と続けた。

「この研修旅行、保険には入っているんですよね？」

「ええ、もちろん」

「対物賠償も？」

「入ってます」

でしたら、とホームズさんは言う。

「それを伝えてあげてください。割ってしまった高価なグラスを弁償しなければならないと心配して、打ち明けられずにいる可能性があります。他の生徒たちも彼女の家庭の事情を知っているから、なにも言えずにいるのでしょう」

あっ、と沢田さんは今気が付いたように、目を見開く。

「保険が利くのが当たり前すぎて頭から抜けていました。……ちゃんと伝えます」

「ええ、ぜひ」

沢田さんは、ありがとうございました、と深々と頭を下げ、生徒たちの許へ向かう。

私とホームズさんは会釈して、再びガラスペンコーナーに戻った。

4

ガラスペンを購入した後、私たちは、『黒壁オルゴール館』などを見てまわった。

その後、話題のサラダパンをおやつ代わりに食べると、いよいよ、ペンションへ向かう。

日野さんのペンション『レイクサイド』は、さいかち浜水泳場の近くにある。

ペンションの外観は、煉瓦風と白色のツートーンタイプの外壁に、大きなテラスが付いているカナディアン風建築だ。

建物の中央に扉がある。入ると受付カウンターがあり、二十代後半の女性が笑みを浮かべていた。黒いベストにパンツ、臙脂色のタイと、ホームズさんが『蔵』で着用している服装とよく似ている。

「いらっしゃいませ」

このペンションを予約したのは私だ。

ショルダーバッグの中からＤＭのハガキを出して、会釈をする。

「予約をしていた真城です」

「真城様、お待ちしておりました」

彼女がチリンとベルを鳴らすと、奥から同じスタイルの男性、日野さんが出てきた。

「日野さん」

「真城様、家頭様、ようこそお越しくださいました。どうぞこちらへ」

と、彼はスマートに私たちの荷物を持ち、階段を上がる。

二階に着くと、右側の扉を開けた。

「こちらです」

L字のソファがあるリビングに大きな窓と寝室が目に入る。窓の外は、広々としたバルコニーであり、そこから琵琶湖が一望できた。

バルコニーの端は衝立で囲まれていた。衝立の向こうには露天風呂がある。

「冷蔵庫に、瓶ビール、オレンジジュース、お茶、水などが入っております。そちらは当館からのサービスですので、ご自由にお飲みください」

そして、と日野さんは続ける。

「お夕食は、近江牛のステーキコースとなっておりますが、今日のようにお天気が良い日はバルコニーでのバーベキューを選択することもできます。どちらになさいますか?」

そう問われて、私たちは思わず顔を見合わせる。

思いは一致し、「バーベキューで」と声を揃えた。

「では、炭火などのセッティング、後片付けはこちらでいたします。お部屋に近江牛や野菜などをお持ちいたしますが、苦手な食材、アレルギーなどございませんか?」

ひと通り食事や部屋の説明をすると、仕事モードを解除したのか、日野さんは表情を緩ませる。

「あらためて、お二人とも来てくれてありがとう」

「こちらこそ、おハガキありがとうございます。あっ、これは京都のお土産です」

と、私は、京都の洋菓子店『バイカル』のアップルパイを小さくしたお菓子『幸せのつむぎパイ』の箱を出して、頭を下げる。

するとホームズさんが、僕からはこれを、とシャンパンが入った箱を差し出した。

「わっ、お気遣いありがとうございます。なんだか、営業のDMを送っただけなのに申し訳ないなぁ」

「いえいえ、日野さんが葵さん宛てにDMを送ってくださったおかげで、僕は葵さんから誘っていただけたんです」

「……家頭は相変わらずなんだなぁ」

日野さんは遠くを見るような目をしてつぶやいた。

ホームズさんは、部屋を見回しながら、しみじみと言う。

「素敵なペンションですね。外観は、ペンションそのものですが、サービスはまるでホテルのようで。そういうコンセプトで経営されているんですか？」

「元々は、ペンションらしいアットホームな雰囲気でやっていたんだ。けど、去年、妻の両親が引退したんだよ。俺たち夫婦の代になってから、妻の両親と同じように、アットホームにしようと思っても上手くいかない。ああいうのって、そもそもの人柄がものをいうサービスっていうか」

そうだろうな、と私は話を聞きながら相槌をうつ。

「俺も妻も、慣れていない人とくだけて話すのが得意ではなくてね。それならいっそ必要以上に話しかけたりせず、それでいて気配りができる、ホテルのようなサービスをしていこうって。制服も作って、自分たちは宿のスタッフに徹しようと決めたんだよ。そうしたら、なかなか評判が良くて……」

そうでしたか、とホームズさんはうなずく。

「ご自分に合ったスタイルで仕事をするのが一番だと思いますよ」

「スタイルといえば、この制服は、家頭のスタイルを真似たんだ」

と、日野さんは胸に手を当てて言う。

「薄々感じていました」

「お礼にワインをご馳走するよ。近江牛にピッタリの赤を」

ありがとうございます、とホームズさんは微笑む。

そうして、夕暮れ時、バルコニーにバーベキューの準備が整った。

バーベキュー台を囲んで口の字にベンチソファが置かれており、角がテーブル仕様だ。

バルコニーはフットライトで仄かに明るい。

テーブルには、近江牛、ウインナー、茄子、ズッキーニ、玉ねぎ、パプリカ、小さなアヒージョ鍋、小さなチーズフォンデュ鍋、フランスパン、そして『HAPPY BIRTHDAY』というプレートが載った小さなケーキが載っている。

「では、ホームズさん。遅ればせながら誕生日をお祝いして」

おめでとうございます、と私はワイングラスを手にすると、

「ありがとうございます」

ホームズさんは嬉しそうにはにかんだ。

私たちは赤ワインを飲みながら、近江牛を口に運ぶ。

「わぁ、美味しいです」

「近江牛は日本三大和牛のひとつ。霜降り度合いが高く、舌の上でとろけますよね」

どうぞ、とホームズさんは私の皿に程よく焼けた肉を載せる。

「あっ、ホームズさんも食べてくださいね」

「もちろん、食べますよ」

そう言いながらも、彼はいつも私に目を配っている。

「今日は楽しかったです。私、滋賀がこんなに素敵なところだとは知りませんでした」

私はワインを口に運び、どんどん蒼くなる空と琵琶湖を眺めた。

「ええ、滋賀も良いところですよね」

「なんだか滋賀って、京都の隣ということで、少し損してると思うんです」

えっ、とホームズさんは訊き返す。

「京都が群を抜いて凄すぎるんですよ。もしこの滋賀が、京都からもう少し離れたところにあれば、もっともっと大人気の観光地になったと思うんですよ。比叡山、琵琶湖、白鬚神社、長浜——本当に素晴らしかったですし」

私の力説に、ホームズさんは、肩を小刻みに震わせた。

「あっ、おかしなこと言ってますか？」

「いえ、たしかにそれは言えているかもしれないと思いまして。今日は行けませんでしたが、びわ湖テラスや、ラコリーナ近江八幡、おごと温泉、彦根城《ひこねじょう》など、滋賀にはまだまだ良いところがありますし。もっと滋賀は人気になるべきだと思います」

「本当です」

と私は力強くうなずき、小さく息をついた。

「でも、今日は私がホームズさんの誕生日を祝いたかったのに、なにもかも至れり尽くせりで、結局、私ばかり色々としてもらった感じがして、少し悔しかったです」

おやおや、とホームズさんは柔らかく目を細める。

「僕は今日一日、とても幸せでしたよ。色んなところで楽しそうにしているあなたを見ながら、煩悩《ぼんのう》にまみれていました」

「ぼんのう？」

「はい。僕の頭の中は、常に今夜のことでいっぱいでした。今宵、一晩中あなたと過ごせる時間を思い、胸を熱くさせていたんです」

私は思わずゴホッとむせる。

「ですが、これは、僕が勝手に妄想して楽しんでいただけなので、もしワインを飲みすぎて体調不良になったり、はたまた気分じゃなくなったりした場合は、遠慮なく仰ってくださいね。ちゃんと『待て』も『おあずけ』もできる子ですので」

と、ホームズさんは胸に手を当てて、煩悩の欠片《かけら》も感じさせないような爽やかな笑みを見せる。

頬も耳も熱いのは、ワインのせいだけじゃないだろう。真っ赤になっているだろう私の顔を見て、ホームズさんはどこか愉しげだ。

「……相変わらず、いけずですね」

「いけずだなんて、本心ですよ。まぁ、あなたには想像もつかないかもしれませんが」

と、ホームズさんは微かに肩をすくめる。

私は腰を上げてホームズさんの隣に座る。

彼は少し戸惑ったように私を見た。

「私だって……妄想くらいするんですよ」

耳元でそう囁くと、ホームズさんは大きく目を見開いた。みるみる彼の頬が真っ赤になって、口に手を当てる。

「——あかんて」

ホームズさんは、攻めるのは得意だけど、攻められるのは弱い。

そんな彼がとても愛しくてたまらない。

私たちはしばしじゃれ合い、そっと彼の肩に寄りかかって頭を載せた。

「葵さん、今日は本当に最高の一日をありがとうございました」

「こちらこそです。比叡山からここまで、本当に楽しくて……」

そこまで言って、私はふと思い出して訊ねた。

「そういえば延暦寺で悟りについて、『僕が思うに』って言いかけていましたよね。あの時、なんて言おうとしたのか気になっていたんですよ」

ああ、とホームズさんは、朗らかに笑う。

「『悟り』はこの世の真理。一人一人、違っていて良いものなのだろうと思うんです」

「そうでしょうか？」

「ええ、誰しもが一人一人、視点を持っていますから。今、僕と葵さんは同じ場所でこうして肩を寄せ合って座っていますが、見えている景色は微妙に違っている」

言われてみれば、この空や湖の色も、私とホームズさんの視点では微妙に違っている。

私は黙って、ホームズさんの言葉に耳を傾ける。

「もし自分が死んだら、自分の視点の世界もこの世から消滅します。世界は一人一人それぞれのものです」

私は、湖に目を向ける。

この視点の世界は、この世にたった一つしかないのだ。

その言葉は、私の中でストンと腑に落ちる気がした。

「これまで、私は『自分なんていなくても、世界は回り続けるんだ』って思ったことがあるんです。実際、世界は回り続けますが、私が死んでしまったら、私、『真城葵の視点』の世界は、消滅してしまいますもんね」

そっかぁ、と私は洩らす。

「葵さん、あなたがいなくなったら、僕の世界も消滅するので、それはしっかり覚えておいてくださいね。自分を大切にしてください」

あまりに真面目な顔で言うので、思わず私の頬が緩んだ。

「ありがとうございます、大切にします。それで、ホームズさんにとっての『悟り』とはなんですか？」

「自分にとっての『幸せ』とはなにか、その答えではないかと」

「幸せ……、それって人によって違いますから、少し考えさせられますよね」

「僕が思うのは、幸せというのは、刹那的な感情や感覚だと思うんです」

言っていることが分からず、私は小首を傾げた。

「たとえば、『目標を達成した』『美味しいものを食べた』『行きたいところに行けた』――その時に感じた一瞬の感情、満足感や高揚感が『幸せ』であって、それは綿菓子のように一瞬、甘さが口の中に広がるも、すぐに消えてしまう、とても儚いものなのではないかと」

思えば私もお風呂に入った瞬間、布団に寝転がった瞬間、幸せだと感じる。だけど、その幸福感がずっと続いているわけではない。

「よく、『結婚すれば幸せになれる』『子どもを授かれば幸せになれる』『出世すれば幸せになれる』『夢を叶えたら幸せになれる』と言っている方がいますが、結婚も出世も夢も、いざ叶えてしまえば、それが当たり前、普通になってしまいます。そうなると、戸惑うんですよね。自分はもう幸せになったはずなのにおかしいと」

「思えば、つい、『こうなったら幸せになれる』と当てはめてしまいがちですよね」

「そうなんです。そもそも幸せなんて目に見えないものを、目に見える形に落とし込もうとする方が無理な話なんですよ。無理やり当てはめようとするから、『このままでは駄目なんだ』と飢えたような気持ちになって、闇雲に動き出してしまう。そして自分を見失うことになるんです」

『幸せだ』と思う心が瞬間的な感情で儚いものだとしたら、『○○になったら幸せになれる』というのは少しズレているのだろう。どんな大きな願いだとしても、人は、その願いを叶えてしまったら、すぐに慣れてしまうからだ。

「ひと時の喜びこそが幸福感なのですから、常に身の回りにある小さな幸せを見詰めて、いちいち噛みしめることが大事なのではと思っています」

　僕個人の意見ですが、とホームズさんは結ぶ。

「なんか、本当に悟られてますね……」

　私が感心していると、ホームズさんは、ふふっ、と笑う。

「僕にとっての最大の幸せは、あなたとこうしていられることです。毎瞬毎瞬が新鮮で、喜びですので」

ホームズさんは私の肩を抱き寄せて、こつんと頭を合わせてきた。

私は、もう、と笑って、その頭を撫でる。

「イチャイチャの本番は今夜ですね。よろしくお願いしますね」

そう言って彼は、私の顔を覗いて、頬に触れた。

反撃できたと思えば、すぐ逆転される。

気が付くと、陽は落ちて空が藍色になっていた。月の光が反射して、まるで湖面に光の道ができているようだ。その光景は胸に迫るほど美しく、目頭が熱くなる。

それは彼の誕生日を祝った、まさに『最高の一日』だった。

掌編　探りの視線

「――へぇ、真城さんのバイト先ってこんな店なんだ」

それは、ある春休みの午後。私が骨董品店『蔵』で店番をしていると、『京もっと』のメンバーが店に入ってきた。『京もっと』とは、『京の町をもっと素敵にしたい』の略で、俳優・梶原秋人《かじわらあきひと》さんの弟・春彦《はるひこ》さんがリーダーになっているボランティア・サークルのようなものだ。その活動は、大学の垣根を越えている。

彼の名前は、篠田康平《しのだこうへい》。私と同じ大学ではなく、京都市内の私立の大学院に通っている。

一度、『京もっと』の活動で、鴨川のゴミ拾いの時に一緒になり、私と同じ関東出身ということで、会話が弾んだのだ。

私が寺町三条《てらまちさんじょう》の骨董品店でバイトをしていると伝えたら、『今度、遊びに行くよ』と言ってくれた。だけど、まさか本当にやって来るとは思わず、少し驚いた。

篠田さんは、興味深そうに店内を見回している。

「葵ちゃん、いつからバイトしているの？」

「あっ、高校の時からです」

いきなりの『葵ちゃん』呼びに驚いた。店に入って来た時は『真城さん』だったのだ。

少し戸惑ったけれど、秋人さんのように、人との距離を一気に詰めてくる人はいる。

篠田さんもそういうタイプなのかもしれない。

そう思いながら、どうぞ、と私は彼の前にコーヒーカップを置いた。

彼は、サンキュー、と言ってカップを口に運んだ。

「うん、いい店だねぇ」

話を聞くと、休日の今日、彼は一人で京の町を観光していたそうだ。

錦市場を観た帰りにここに寄ったという。彼は関東の大学に通っていて、院から京都に来ている。そのため、まだまだ京都が珍しく、楽しくて仕方ない、と話す。

「休みのたびに、あちこちふらふらしてるよ」

その気持ちに共感できて、私は、うんうん、と相槌をうった。

「葵ちゃんが京都に来たのは、高校一年の時だったよね。もう京都に詳しい？」

いえいえ、と私は首を横に振った。

「詳しいってほどでは……。京都って奥深いので」

「だよなぁ。未だに京都弁には慣れないし、大学でもこっちの人って『一回生、二回生』って言ってるから、最初はまごついたよ」

それは既に私にとって『当たり前』になっていたことだが、自分も最初は馴染めなかったのを思い出して、そうですよね、と小さく笑った。

「私は、コーヒーフレッシュに戸惑いました」

「分かる！　フレッシュ！　あと、フレスコとか進々堂《しんしんどう》と志津屋《しずや》とか、東京では馴染みのない店ばかり！」

「言われてみればそうですよね……」

「葵ちゃんは、すっかり馴染んだ感じ？」

どうでしょう？　と私は小首を傾げる。

その時、カタン、と二階で音がした。

篠田さんは、少し驚いたように天井を仰ぐ。

「二階に誰かいるの？」

「あ、はい。上で作業をしていて」

ホームズさんは今、二階の在庫をチェックしていた。

「良かった。お化けかと思った」

と、彼は胸に手を当てる。

お化けって、と私は頬を緩ませた。

「そういえば、葵ちゃん。博物館のインターン、応募するって言っていたけど、準備は進んでる？」

「あ、はい。今、一生懸命、書類の作成をしています」

「倍率高そうだよね。勝算はありそう？」

「正直、難しいんじゃないかと思っていますけど、やるだけのことはやってみようと」

「そっか、がんばってね」

「ありがとうございます」

それはそうとさ、と篠田さんは、少し前のめり気味になった。

「葵ちゃん、今度、京都の町を案内してくれないかな」

え……、と私は、言葉に詰まった。

おそらく彼は、純粋に私に町を案内してもらいたいだけだろう。

けれど、二人きりで出かけるのは、抵抗がある。

「あ、ええと、『京もっと』のみんなと一緒なら」

「二人きりじゃ抵抗ある感じ？」

ここで『彼氏がいるので』というのは、自意識過剰に思われてしまうだろうか？

実際、彼はそんなつもりではないだろうし……。

いや、でも、言っておいた方が話が早い。

「えっと、お付き合いしている人がいまして……」

私がそう言うと、篠田さんはぱちぱちと瞬きをして、小さく笑う。

「いや、大丈夫だよ、そういうつもりで誘ってないから」

「ですよね、そうだろうと思ったんですけど」

「『京もっと』のメンバー、みんな地元民だし、葵ちゃんなら同じ観光客目線で京都を案内してくれそうだと思って」

言っていることは、分からないでもない。だけど……。

「すみません。やっぱり二人きりでは……」

「ふぅん、葵ちゃんって、真面目なんだね」

篠田さんは拍子抜けしたように言って、頬杖をつく。

ノリが悪いと思ったのか、急に不機嫌になる。

「あ、ええと、真面目というより……」

その時だ。

「すぐ近くに、彼氏——いいえ、婚約者がいるからですよ」

二階の方から声がした。

私たちは弾かれたように顔を上げる。

スーツ姿のホームズさんが、ゆっくりと階段を下りてきた。

篠田さんは大きく目を開いて、ホームズさんを見ている。

「婚約者が近くにいるのに、他の男性に誘われたら、どうしても困ってしまいますよね？

なんと言ってもその男——ああ、僕のことですが」

と、ホームズさんはカウンターの中に入って、私の肩をそっと引き寄せる。

「とても嫉妬深いんです」

にこり、と笑ったホームズさんを前に、対面に座る篠田さんの顔色がなくなっている。

「あ、それは失礼しました」

と、篠田さんは勢いよく椅子から下りた。

「いや、ほんと他意はなかったんですけど、うん、彼氏は嫌な思いしますよね、当然です。

ほんと、すみません、失礼しました」

彼は目を泳がせながら早口で言うと、逃げるように店を出て行く。

「……他意はなかった？　やましいことがあるから、逃げ帰ったんちゃうの？」

篠田さんの姿が見えなくなった後、ホームズさんは薄く微笑みながら、ぽつりと洩らす。

「他意がなくたって逃げますよ。ホームズさん、すっごく黒いオーラ出してましたもん」

私は苦笑して肩をすくめた。

「おや、そうでしたか？　笑顔で応対したんですが」

「悪魔の微笑みでしたよ」

「それは失礼しました」

しれっと答えるホームズさんに、私は小さく笑う。

するとホームズさんは、横目で私を見た。

「葵さんのことだから『彼はきっと下心もないだろうし、京都案内くらいいいかも？』なんて思ったのではないですか？」

「……下心はないと思いましたが、ホームズさんが側にいなくても、断りましたよ」

はっきりと言うと、ホームズさんは目を丸くして私を見下ろした。

「どうして、そんな驚いた顔をしているんですか？」

「少し意外でした……。葵さんは警戒心なく人と付き合うところがあるので」

たしかにそうかもしれない。

「大勢でならともかく、二人きりなら行きませんよ。だって」

「だって？」

「……プライベートな状況で、ホームズさんが他の女性と二人きりで出かけたら、私は嫌だなって思いますもん」

こうした嫉妬心を知られるのは、恥ずかしい。

目を合わせられずにいると、隣から『ゴンッ』と大きな音がした。

驚いて顔を向けると、ホームズさんがカウンターに突っ伏している。

「ホームズさん⁉」

「あかん、葵、可愛い。ほんま、あかん。ここは店でまだ営業時間中や」

ホームズさんは突っ伏したまま、拳を強く握っている。

私がそっとカウンターに手を置くと、彼はその手をギュッと握ってきた。

「……店が終わったら、デート、できますか？　デートていうか、はよ二人きりになりたい。いちゃいちゃしたいです」

静かに問うた彼に、私は顔が熱くなるのを感じながら、そっとうなずいて、その手を握り返した。

「——葵」

そうして、お店が終わった後、私たちはデートをするのだけど、詳しい話は二人だけの秘密だ。

第二章　華麗なる舞台の裏側

1

――七月。

ホームズさんは、小松探偵事務所での修業期間を終え、骨董品店『蔵』に戻ってきている。けれど、小松探偵事務所のことは気になるようで、時折顔を出していた。

今日も祇園《ぎおん》を歩いていると、「ちょっと、小松探偵事務所に寄ってみましょうか」とホームズさんが提案してきた。

はい、と私は首を縦に振る。

「ホームズさんって、なんだかんだと面倒見が良いですよね」

面倒見ですか……と、ホームズさんは少し複雑そうな顔をする。

「あっ、面倒見なんて言うと、小松さんに怒られちゃいますね」

小松さんは、四十代。私と変わらない年齢の娘を持つ、しっかりとした大人だ。

「どうでしょう。小松さんは怒らないと思いますよ」

「そうでしょうか？」

私たちは手をつないで、祇園の町を歩く。

今はホームズさんと、祇園の料亭に京焼の花瓶を届けた帰りだ。

「でも、驚きました。『蔵』は、古美術の貸し出しもしているんですね」

私がぽつりと洩らすと、ホームズさんはふふっ、と笑う。

「実は始めたばかりなんです。料亭や旅館では季節に応じた花器や茶碗が必要です。しかし、毎度同じものでは、面白味がない。けれど、今は常に買い替える余裕はない——といった相談を受けまして、試験的に始めてみました」

「それで貸し出しを……」

「今はサブスクの時代ですからね。年間契約で『季節ごとの設え《しつら》』を提供するというのも、良いのではないかと思っています」

「面白いと思います。今や洋服やバッグのサブスクもあるようですし」

「祖父はあまり良い顔をしなかったのですが。『レンタルなんて好かん』と言って」

オーナーらしいですね、と私は苦笑する。

昔気質のオーナーには、骨董品のサブスクリプション（定期的に料金を支払い、利用するサービス）など受け付けられないのだろうか。

「やっぱり、反対されているんですか？」

「いいえ。祖父は『もしほんまに始めるんやったら、取り引き先を厳選して敷居を高くしろ』と言っていましたが、反対はされなかったです。ちなみに、この場合の『敷居を高くしろ』は誤用なのですがね」

誤用ではあるが、オーナーの言いたいことは伝わってきた。『蔵』のサブスクは、『選ばれた店』しか契約できないようにしろと言いたいのだろう。

「もし、本当に始めたら、今回のようなサービスをしていくんですか？」

「今回のようなサービスというと？」

「ですから、品物を届けるだけじゃなく、色んな相談に乗っていくというか」

先ほど届けた品は、永樂即全《えいらくそくぜん》作の『浅黄交趾鶴首花入《あさぎこうちかくしゅ》』と呼ばれるもの。

私は、料亭での様子を振り返った。

『永樂家は京焼の家元。千家十職《せんけじっしょく》の一つ「土風炉・焼物師」です。永樂家の十六代目となる即全は大正六年（一九一七年）に京都で生を受けました。「即全」の号を贈られたのは、彼が隠居した一九九八年と近年で、それまでは、「善五郎《ぜんごろう》」の名で知られています。近代最高と呼び声が高い名工です。こちらの「鶴首花入」は――』

『鶴首花入』とはその名の通り、鶴の首のようにすっと伸びた美しい佇《たたず》まいの器を指す。ちなみにこの説明は、旅館で働く従業員たちに伝えてほしい、と女将さんから頼まれたものだ。若い仲居や料理人は、ホームズさんの流れるような説明に聞き入っている。

『凛としながらも、しなやかな曲線美。浅黄の釉薬《ゆうやく》が美しく鮮やか。夏の花を生けたなら、より際立って見えるのではないでしょうか』

ほんまやねぇ、と女将さんは鷹揚《おうよう》に相槌をうつ。

女将さんからは、『白い桔梗《ききょう》を生けたいから、その器を』というリクエストを受けていて、ホームズさんは、永樂即全の花入を用意した。

『ほんまぴったりや』

女将さんは、嬉しそうに微笑んでいたかと思うと、『そや、清貴君、うちのサイト、どう思わはる？　外国人さんにも分かりやすいやろか？』と訊ねたのだ。

ホームズさんは、古美術とは関係ないことにも、快く相談に乗っていた。

あらためてそのことを訊ねると、もちろんです、と彼はうなずく。

「必要とあらば、庭の木の剪定《せんてい》もしますし、電球も替えますよ」

と、ホームズさんは笑顔で答える。

「…………」

もし本当にそのサービスがスタートしたら、それは、『古美術品』というよりも、ホームズさんのサブスクになりそうだ。と、私は口には出さず、心の中で囁く。

「まぁ、まだ試験段階で、いつから本格的に始めるのかは決めていないんですよ。僕も今後、新たに行かなければならないところもありますし」

「行かなければ……って、小松さんのところの修業が終わった今、いよいよホームズさんは『蔵』を継げるんですよね？」

「一応はそうなんですが、最後に一社、一年ほど勤めに行くつもりなんです」

「えっ、どこへ行かれるんですか？」

「税理士事務所です。税理士資格を取得したいんですよ」

私は、でも、とホームズさんを見た。

「たしか、受験資格って実務二年間だったはずでは……」

「ええ、職歴による資格は、『法人又は事業を営む個人の会計に関する事務に二年以上従事した者』。僕は『蔵』の経理を何年もやっているのと、日商簿記検定一級も持っているので、受験資格自体はあるんですよ。ただ、実務経験を積みたいんです」

「ホームズさんが税理士に……」

「はい。『蔵』の仕事をしつつ、税務の仕事は自分のできる範囲でと思っています」

そうなんですね、と私は息をつく。

「資格取得後は、本格的に父の確定申告なども請け負えますしね」

店長——ホームズさんの父・家頭武史《たけし》さんは、主に時代小説を書いている作家だ。

税務関係に弱いそうで、毎度、確定申告の際は頭を抱えている。

なので見かねたホームズさんが、毎年手伝っていた。それは仕事としてではなく、無償のお手伝いだ。

「店長だけじゃなく、税務関係が苦手な作家さんが多いようですねぇ」

私がそう言うと、そうですね、とホームズさんはうなずく。

「父の知り合いの作家さんも、確定申告に頭を悩ませていて、かつ自分に合う税理士がいないようで、『清貴さん、早く税理士になってくれないかしら』と言ってもらっているんですよ」

「今のは相笠《あいがさ》くりす先生ですね？」

「分かりましたか？」

ホームズさんは、いたずらっぽく笑う。

「ちょっと似ていました」

相笠くりすは、ツインテールとゴシック&ロリータ・ファッションがトレードマークの作家だ。ダークなファンタジーやミステリ作品を手掛けていて、生み出した作品の多くは、メディアミックス（ドラマ化、映画化、アニメ化など）されている大人気作家である。

彼女は、ホームズさんのキャラクター性をとても気に入っていて、ホームズさんをモデルにした作品も執筆していた。

ホームズさんが税理士になったら、間違いなく良い顧客になるだろう。

私は、ふふっと笑った後、我に返って、はぁ、と息をついた。

「それにしても、ホームズさんがまた修業に……」

ようやく、『蔵』に帰ってきてくれたと思ったのに……。

「四条の事務所なので、徒歩圏内ですし、九時から十七時半までの勤務なので、仕事が終わったら、『蔵』に戻って作業するつもりですよ」

「もう、決定したんですか？」

「はい。九月から受け入れていただけることになりました」

さすが、と私は息を呑む。

「ホームズさんは、鑑定士で税理士になるんですねぇ」

「変な感じですか？」

「いえ、お似合いです。でも、オーナーのように鑑定士一本筋で、その道を極めていかれるのかと思っていました」

「そうできたら理想なんですけどね。『蔵』の売上と鑑定士の仕事だけで食べていけたのは、祖父の代までです。これからは、さまざまなことをやっていかなければなりませんし、なにより収入の入口は一つじゃない方がいいと思っています」

これはホームズさんがよく言う言葉だ。

そうですよね、と私は洩らす。

「私も考えなければと思っているんですよ。学芸員の資格が取れても、美術館や博物館で働けるとは思っていませんし」

美術館や博物館に就職できる人は、ほんの一握りだ。

多くの人が、『学芸員』の資格を生かせずにいる。

「なにか自分にできることを探しながら、これからも美術に触れていきたいなって」

「ずっと、『蔵』で働いてくださっても良いんですよ」

と、ホームズさんが顔を覗く。

「ありがとうございます。でも、ちゃんと就職したいんです。ホームズさんのように、外の世界を見てきたいです」

自分になにができるのだろう……、と私はつぶやく。

「『なにができるか』で考えるのも良いですが、『なにが嫌いじゃないか』とか『どう働くか』を基軸にするのもありだと思いますよ」

「どう働くか？」

「僕の場合、経理は大好きというわけではありませんが、『嫌いではない』。在宅や『蔵』の店内でもできる仕事で、なおかつ、自分が『嫌じゃない職業』を選んだ結果、税理士が浮かんできたんです」

なるほど、と私は首を縦に振る。

「私は、どちらかというと、在宅よりも外に出たいなと思います」

『蔵』へも、私はわくわくしながら通っている。

「とりあえず葵さんは、京博のインターン、採用されると良いですね」

そうですね、と私は力のない笑みを返す。

インターンの応募は、ホームズさんの添削のおかげで、書類選考は通過した。その後、面接を受けて、今に至る。結果発表は七月末になるかもしれないという話だ。

「京博のインターン、やっぱりものすごい倍率のようですし、ほとんど諦めています」

「いえいえ、分かりませんよ」

ホームズさんは、おや、と足を止めた。

視線の先には、桃山風の意匠を取り込んだ劇場――南座《みなみざ》があった。

『南座』と書かれた大きな赤い提灯とともに、出入口の上に掲げられた横長の看板が通りゆく人たちの目を惹《ひ》いている。

『京都探偵事件簿　～華麗なる一族の悲劇～』

わぁ、と私は顔を明るくさせた。

「もう看板が出たんですね」

「いよいよ、初日を迎えますからね」

原作者は、先ほど話題に出た相笠くりす先生。

内容は、昭和初期の京都を舞台にしたエラリー・クイーンのパスティーシュ（模倣）であり、ホームズさんをモデルにした豪商の息子『神頭清里《かみずきよさと》』と馴染みの俳優・梶原秋人さんをモデルにした書生『梶間秋斗《かじまあきと》』の二人を主人公にしたミステリだ。

舞台では、時代設定を昭和初期から大正時代に変更しているという。

『梶間秋斗』役をそのまま秋人さんが演じ、『神頭清里』役はホームズさん……ではなく、歌舞伎役者で俳優の市片喜助《いちかたきすけ》さんが演じる。

そのため看板には、市片喜助さん、秋人さん、共演者たちの姿が並んでいる。

喜助さんは、艶やかな黒髪に白い肌、整った顔立ちの美形だ。

ホームズさん役を演じる役者は、彼以外いないだろう。

そんなことを思っていると、南座の看板を見た観光客が少し驚いたように言った。

「えっ、南座で歌舞伎じゃないのをやるんだ？」

「へぇ、なんだか意外な感じだ」

「市片喜助と梶原秋人なら絶対観たい」

そんな会話を聞いて、私とホームズさんは顔を見合わせて、微笑み合う。

「たしかに南座で歌舞伎以外の演劇を上演するって、意外ですよね」

「とはいえ、南座で歌舞伎以外の演目が上演されるようになったのは、平成に入ってからなので、結構長いんですよ」

「そうだったんですね」

「新たな世になり、南座も時代に合わせて変化していったのでしょうね」

うんうん、と私は相槌をうち、看板を仰いだ。

「秋人さんの舞台、楽しみですねぇ」

ホームズさんは南座を見て、口角を上げる。

「今頃、最終稽古に勤しんでいるのではないでしょうか」

「がんばってくださいね、秋人さん」

そう言って私たちは、四条大橋を西へと渡った。

2

「よく来たな、あんちゃん、嬢ちゃん！」

祇園──木屋町四条下ルにある京町家をリノベーションした小松探偵事務所を訪れると、所長の小松勝也《かつや》さんが、満面の笑みで私たちを迎えてくれた。

お邪魔します、と私たちは会釈をする。

「少しお久しぶりですね、小松さん」

「まぁ、座れよ。ちょうどコーヒーが入ったところなんだ」

小松さんは立ち上がると、私たちにソファに座るよう促し、そのままキッチンへと向かう。

ホームズさんは、優しい口調で訊ねた。

「なにか困ったことはございませんか？」

もし、なにも知らない人間がこの光景を見たら、『この若者は、なにを言ってるんだ、探偵にする質問ではないだろう』と訝るだろう。

だけど、小松さんはそうは思わない。いつでもホームズさんの助けを欲している。特に困ったことがなくても、ホームズさんに全信頼を置き、いつでもホームズさんに事務所にいてもらいたいようだ。

なぜなら、小松さんはホームズさんには事務所にいてもらいたいようだ。

ホームズさんはソファに腰をかけた状態で、事務所内を見回した。

思ったよりも、綺麗に整理整頓されている。

「……困ってはなさそうですね」

ホームズさんがそう洩らすと、小松さんはトレイを手に戻ってきた。

「いや、困ってるよ。片付けがしっかりできているくらい暇なんだから」

そう言って、私たちの前にコーヒーを置き、向かい側のソファに腰を下ろした。

「ですが、備品の補充などしっかりなされていますし、経営に困っているわけではなさそうですよ」

備品の補充状況まで確認していたとは。

「まぁ、副業のおかげだよなぁ」

と、小松さんは頭を掻く。

彼の前職はホワイトハッカーだったという。あえて組織の名前は口にしていないが、日本でもトップクラスのサイバーチームに属していたそうだ。その知識と技術を生かし、今は副業としてプログラミングの仕事も請け負っている。

「もう、副業を本業にしてはどうですか？」

さらりと言ったホームズさんに、小松さんはごほっとむせる。

「あんちゃん、ひどいこと言うなよ」

「えっ、ひどいことですか？　だって副業の方が収入になっているんですよね？」

「でも、あくまで俺の本業は『探偵』なんだよ」

と、小松さんは胸に手を当てる。

『探偵』という仕事は、彼の誇りのようだ。

ホームズさんは、そんな彼の様子を見て、頬を緩ませた。

「その気持ちは理解できますね」

「分かってくれて嬉しいよ」

小松さんは、一見いつもと変わらない様子だけど、どこか元気がないように見えた。

ホームズさんは、円生さんのデスクをちらりと見て、口を開く。

「円生は顔を出していませんか？」

そう問うと、小松さんは大きく息を吐き出した。

「来てないんだよ。あいつ、元気にしてるのかな……ああ、あんちゃんたちは比叡山で会ったんだったよな」

と、小松さんは思い出したように言う。ええ、とホームズさんは答えた。

「その時は、元気そうでした」

話を聞きながら、私は「あの」と思わず口を挟む。

「円生さんって、いつ頃、どんな感じでいなくなったんでしょうか？」

そうだなぁ、と小松さんは、腕を組んだ。

「二月くらいに、『しばらく留守にする』ってメールが入って……」

その後、円生さんは、『蔵』を訪れている。

私に絵を見せてくれたのだ。それは、絵画というほど完成されたものではなく、スケッチにほんのり色がついた状態だった。

描かれていたのは、四条大橋から望む京都の光景で、絵は全部で三枚。

『CACAO《カカオ》 MARKET《マーケット》』『東華菜館《とうかさいかん》』『南座』を描いていた。異国の景色のようにエキゾチックであり、幻想的だった。

感動していると、円生さんはスケッチブックから絵を切り離して、私に手渡した。

『そんなん、ただの落書きやし、そないに気に入ったんやったら』

驚いた私は、もらえませんよ、と断った。だが、このまま拒否したならば、彼は躊躇もせず、捨ててしまうのではないかと懸念し、受け取った。

『あの、この作品、なるべく、たくさんの人に観てもらいたいんです。今度のバレンタインに出町柳の商店街でイベントがあるので、そこで飾らせてもらってもいいですか?』

私がそう言うと、円生さんは立ち去る前にこう言った。

『あんたにやったもんやし、好きにしたらええ』

そうして、バレンタインの日。出町桝形商店街にあるカフェで、イベントを開催した。

『陶器と花の展覧会』

そこに円生さんの絵を飾ったところ、彼は観にきてくれたのだ。

『こない可愛らしいところに飾られると思わへんかって』

と少し気恥ずかしそうに、嬉しそうに言っていたのだ。

私が、その時のことを伝えると、小松さんは腕を組んで、ぽつりと零す。

「そういえば、バレンタインの次の日だったな」

それがな、と小松さんは照れたように首を撫でながら言う。

「バレンタインの夜、珍しく奥さんと娘から、『外食しよう』と誘われたんだ。それで、夕方十八時にはここを出たんだよ」

　で、と小松さんは続ける。

「翌日いつものようにここに出勤したら、『お世話になりました。合鍵は後日、郵送します』ってメモ書きがあったんだ。言葉が丁寧なのと、えらい綺麗な字だったのもあって、一瞬、誰が書いたんだろうって本気で思ったよ」

　すぐ円生だって分かったんだけどな、と小松さんは苦笑する。

「デスクの上が、すげぇ綺麗になってたんだ。私物が全部なくなっていて、ピカピカに磨かれていたんだよ。もしかして、と思って二階を覗いたら、もぬけの殻だった。部屋もきちんと掃除されていたよ。家賃や光熱費は、きっちり支払ってくれていたし、なんの文句もないんだけど、いきなりいなくなるのは、やっぱ寂しいよな……あいつ、無口なようで、二人でいたら色々と話してくれていたし……」

「円生さんに連絡はしたんですか？」

　私が問うと、もちろん、と小松さんはうなずく。

「電話をかけてもメールをしても応答も返事もナシ。気になって、化野のアパートに行ったけど、そこにいる様子もなかったんだ。バイクもなかったし」

　話を聞きながら、ホームズさんは黙って相槌をうっている。

その様子を見て、もしかしたらホームズさんも化野のアパートまで見に行ったのではないか、という気がした。

まぁ、と小松さんは気を取り直したように話す。

「比叡山で会った時は、元気そうだったたって聞いてホッとしてたんだ。思えば、いきなりいなくなるっていうのも円生らしいよなぁ」

そう言いながらも、小松さんはやはり寂しさは拭えてないようだ。

この事務所で、三人で過ごした日々が懐かしいのだろう。

皆が黙り込み、室内はしんみりとした空気に包まれる。

その時、沈黙を打ち破るように、ホームズさんのスマホが振動した。

失礼、とホームズさんは立ち上がり、部屋の隅へと向かって電話に出る。

『ホームズ、今どこにいる？』

秋人さんだ。少し離れているというのに、ここまで声が聞こえてきた。

ホームズさんは声の大きさに辟易《へきえき》したように顔をしかめて、スマホを耳から離した。

「どこって、小松さんの事務所ですが……」

『おお、めっちゃ近くじゃん。ちょうどいい。ちょっと南座まで来てくれよ！』

「いえ、今は葵さんと一緒でして」

『葵ちゃんも一緒でいいから、待ってるな！』

と、秋人さんは乱暴に言って、一方的に通話を終える。

「秋人さん、なにかあったんでしょうか？」

私が少し心配になって洩らすと、ホームズさんは、どうでしょう、と小首を傾げ、小松さんに目を向けた。

「すみません、小松さん。来たばかりですが」

「いやいや、顔出してくれて嬉しかったよ」

「――あの、円生が顔出すようなことがあったら、教えていただけませんか？」

ホームズさんのその言葉を受けて、小松さんは、ああ、とうなずく。

「あんちゃんもなんだかんだ言って、心配だよな」

「心配というか……」

ホームズさんは、苦々しい表情で目をそらす。

私たちは、小松さんに会釈をして、事務所を後にした。

3

南座の前に着くと、スーツを着て眼鏡をかけた三十代後半くらいの男性が近付いてきた。私たちの前で足を止めて、お辞儀をする。

「家頭さん、真城さん、お久しぶりです」

彼は、秋人さんのマネージャーの田町《たまち》さんだ。以前、秋人さんが出演したひらかたパークでのイベントの打ち上げの席で、挨拶をしたことがあった。

お久しぶりです、と私たちは会釈をする。

「突然、お呼び立てして申し訳ございません。どうぞこちらへ」

と、田町さんは、私たちを建物の中へと誘導した。

「一体、なにがあったのでしょうか?」

と、ホームズさんが訊ねる。

「今日はここで通し稽古をしておりまして、ほとんどのキャスト、スタッフが揃っているんですよ」

私は二人の半歩後ろを歩きながら、南座のロビーを見回した。

朱色がかった絨毯《じゅうたん》と白い壁が目に鮮やかだ。

しかし今は公演中ではないため、観客の姿はなく、ロビーはがらんとしている。時折、スタッフなのだろう、ラフなスタイルの人が忙しそうに出入りしていた。

客席に入ると、そこは薄暗く、舞台だけが明るく照らされている。

その舞台上では役者たちが談笑していた。秋人さんや喜助さんの姿も見える。

秋人さんは、こちらに気が付いたようで、大きく手を振った。

「おお、ホームズ、こっちだ」

明るめの髪に整った顔立ち。黙っていれば二枚目であろう秋人さんは、舞台の上で跳ねるようにして、ホームズ、ホームズ、としきりに手招きをしている。

喜助さん以外の役者たちは、「ホームズって？」と不思議そうにしていた。

「……なんでしょう。『ホームズ』と呼ばれるのは慣れていて、嫌いではないはずなのに、今だけは逃げ出したい気持ちです」

ホームズさんは、口許に笑みを湛《たた》えながら言う。パッと見は笑顔だったが、その目はまったく笑っていない。この時ばかりはホームズさんに同情してしまう。

ホームズさんは半ば諦めたように舞台に上がり、皆を前に、胸に手を当ててにこりと微笑んだ。

「皆様、はじめまして、家頭清貴と申します。苗字が家に頭と書いて『家頭』なので、ホームズと呼ばれております」

ホームズさんが自己紹介をすると、「なぜ、ホームズ？」と不思議そうにしていた人たちの表情が、瞬時に納得した顔へと切り替わる。

なるほど、ホームズさんがよくこの言葉を使うわけだ。

と、私も妙に納得してしまった。

「それで一体どうしたのでしょう？」

そう訊ねると、秋人さんは勢いよくホームズさんの肩に手を回す。

「ホームズ、驚くなよ。なんと原作者の相笠くりす先生が来てくれたんだよ！」

秋人さんが声を張り上げると、舞台袖から相笠先生がおずおずと姿を現わした。

いつものように漆黒のゴスロリファッション。

二つに結んだ髪につけたリボンと首元に結んだリボンだけが、鮮やかな青色だ。

これまでは赤いリボンをつけていることが多かったが、夏ということを意識してのことかもしれない。ドレスは半袖で、二の腕に青い薔薇のタトゥシールが貼ってあった。

出演者たちは、わぁ、と明るい顔で拍手をし、

「相笠先生、今日はありがとうございます」

と、喜助さんが、相笠先生に花束を渡している。

ホームズさんは相笠先生に向かってお辞儀をした後、秋人さんを見た。

「秋人さんは、相笠先生がここに来られるということで、僕を……？」

おう、と秋人さんは強く首を縦に振った。

「この舞台の原作者の先生がここに来てくれたんだ！　これは、作品のリアルモデルであるホームズと俺が揃うしかないだろ？」

「もしかして秋人さんは、これまで相笠くりす先生にお会いしたことがなかった？」

ホームズさんの問いに、秋人さんは嬉々として答えた。

「もちろんチラッと会ったことはあるけど、挨拶程度しかできてなかったんだ。こうして稽古を観にきてくれるのは初めてで、いや相笠先生、マジで嬉しいです」

秋人さんはそう言って、相笠先生の手を取り、ぶんぶんと握手をする。

つまり、こういうわけだ。初日を間近に控え、稽古も最終段階に入っている今、原作者である相笠先生が初めて現場を訪ねてきてくれた。

『わざわざ、原作者の先生が来てくれた！』と秋人さんは歓喜し、『これはホームズを呼ぶしかない』という判断に至ったということだろう。

しかし問題は、秋人さんが思う以上に、ホームズさんと相笠先生が、しょっちゅう顔を合わせていることだ。相笠先生は時折、『蔵』を訪れて、ホームズさんに相談をしたり、ホームズさんの写真を撮ったりしている。

今やホームズさんにとって、相笠先生と会うというのは、特別な出来事ではない。

相笠先生もそれを分かっているのか、少し申し訳なさそうにチラチラとホームズさんを見ていた。

だが、そこはホームズさん。すぐに気持ちを切り替えたようで、爽やかな笑顔で、秋人さんの手を止める。

「ほら、秋人さん。作家先生のお手をそんなふうに乱暴に振り回してはいけませんよ」

興奮していた秋人さんも、その言葉に我に返り、さーせん、とすぐに手を離す。

相笠先生は、戸惑い気味に口を開き、

「もっと早くにご挨拶に来たかったんですが、仕事が忙しくて、ギリギリになってしまいました。皆さん、このたびは、拙著を原作とした舞台にご出演くださいまして、本当にありがとうございます」

そう言って、ぺこりとお辞儀をする。

あらためて、出演者、スタッフたちは拍手をした。

私とホームズさんも拍手を送った。

喜助さんが、相笠先生の許へ歩み寄って、一礼をする。

「相笠先生、ようこそお越しくださいました」

喜助さんに続き、

「お会いできて光栄です」

と頭を下げたのは、『華麗なる一族』こと花屋敷《はなやしき》一家を演じる役者たちだ。

花屋敷家の姉弟は、長女、次女、長男、そして異父姉の四人。

それぞれ、まったく違うタイプである。

長女の『薔子《しょうこ》』は、絵に描いたような淑女。

次女の『蘭子《らんこ》』は奔放で華やか。

末っ子長男の『菊男《きくお》』は、横柄で鼻持ちならない男だ。

そして彼らの異父姉『百合子《ゆりこ》』は、目と耳が不自由だった。

花屋敷姉弟を演じる役者たちは、実力派俳優として知られていた。

舞台好きの親友の宮下香織は、キャスティングが発表された際、『豪華メンバーや』と興奮気味に言っていた。

今、この舞台上にいる花屋敷家の演者は、薔子、蘭子、菊男、百合子。

彼ら四人は、役に馴染むため、現場では皆、役名で呼び合っているという。

そのため私も心の中で、彼らを役名で呼ぶことにした。

「自分はずっと舞台俳優をやってきたんですが、この現場は秋人くんが座長を務めているだけあって、とても和気あいあいとしていますね」

そう言ったのは、菊男さんだ。体付きがしっかりしていて、黙っていると威圧感があるが、今はにこにこと笑っているため、とても爽やかな印象だ。

香織の情報では、人気の舞台俳優であり、豪胆な役を演じることが多いという。

菊男のようなタイプの役を演じるのは初めてではないか、と香織が言っていた。

続けて一歩前に、薔子さんが出る。

「私、元々、読書が好きで、特に悲劇シリーズが大好きなんです。『薔子』役を演じられることになって嬉しいです」

薔子さんは、ドラマにもよく出演している女優だ。『優しいお姉さん』役が多い。

今回も役柄通り、まっすぐな黒髪が美しくおっとりした雰囲気だった。

「私は、元々あっきーの友達で、あっきーが座長を務めると知って、オーディションを受けたんです」

そう言ったのは、蘭子さん。彼女の芸名は、叶野《かのう》アイリ。

彼女だけは、私も以前会ったことがある。グラビアアイドルで、喜助さんの元交際相手。

初めて南座を訪れた際、顔を合わせたのだ。

今日ばかりは、彼女のことも役名の蘭子さんと心の中で呼ぶことにしよう。

役に合わせて、彼女は赤毛にウェーブヘア、真っ赤な口紅をつけている。

そんな蘭子さんは、相笠先生に向かって、元気よく話を続ける。

「『蘭子』は演じていてとても楽しいです。あっきーのためにも、しみじみこの役をがんばりたいと思いました！」

「ほら、蘭子、また」

と、薔子さんが、蘭子さんを窘めるように言う。

おそらく、座長である秋人さんのことを『あっきー』と呼んだためだろう。

ありゃ、と蘭子さんは肩をすくめる。

百合子を演じるのは、子役からテレビで活躍している女優だ。主役ではなく、名脇役と言われている。そんな彼女は、ふんわりと柔らかな笑顔で言う。

「私はずっとドラマ畑で生きてきて、舞台は今回が初めてなんですが、原作が大好きなので思いきってオーディションを受けました。本番を迎えるのがとても楽しみです」

と、彼らは順番に、相笠先生に挨拶をしていった。

その様子を眺めながら、

「俳優さんたち、役にピッタリですね」

私が小声で言うと、ホームズさんは、ええ、とうなずく。

「やはり、プロの俳優さんたちです。役と同化しているのでしょう」

「つまりは演技力……」

さすが、と私は息を呑む。

ホームズさんを演じる喜助さんが、にこやかに言う。

「今回、特にダンスシーンが大変だったんですが、がんばりましたので、本番楽しみにしていてくださいね」

「あ……はい。楽しみにしています」

相笠先生は、緊張しているのか、ぎこちなく会釈をした。

その会話を聞いていたホームズさんが、えっ、と訊き返す。

「ダンスシーン……なんてあるんですか？」

「そうなんだよ。たっぷりあるんだ」

「あの、『華麗なる一族の悲劇』の話のどこにダンスの要素が？」

原作は、エラリー・クイーンのパスティーシュ。

昭和初期（舞台では大正時代）の京都を舞台にした、ライトなタッチの本格ミステリだ。

ホームズさんが言うように、ダンスの要素は、どこにもなかった。

おうよ、と秋人さんが答える。

「ミュージカル仕立てにしてるからな」

はっ？　とホームズさんが訊き返す。

「ミュージカル仕立て？」

すると喜助さんが、そうなんだよ、とホームズさんの肩に手を置いた。

「僕が演じる君――『京都大正のホームズ』はね、頭の中で推理をめぐらせている際に、タップダンスをするんだ」

そう言って喜助さんは胸に手を当てて、まるで踊るようにくるりと回った。

「なぜ、そんな必要が？」

珍しく動揺したのか、ホームズさんの声が上ずっている。

そんなホームズさんのもっともな質問に、

「ミュージカル仕立てだから」

と、秋人さんと喜助さんが、当たり前のように声を揃えて答えた。

「推理の際にタップダンスって、滑稽《こっけい》すぎるでしょう？」

そう言うホームズさんに、蘭子さんと菊男さんは、「ダンスは外せませんよ」と真剣な表情で言い、原作ファンである薔子さんと百合子さんは苦笑していた。

ホームズさんは、勢いよく相笠先生の方を向く。

「相笠先生、あなたはそれで良いのですか？　原作が大幅に改変されているんですよ？」

いえいえ、と相笠先生は、首を横に振る。

「ミュージカル仕立ては、私の希望で決まったことなんです」

その言葉に、ホームズさんは動きを止めた。他の役者も初耳だったようで、驚きの表情を見せている。

「私は、宝塚《たからづか》のように歌と踊りがある舞台が好きなんです。ですので、ミュージカルっぽくにしていただきたかったんですよ。そうしたら、演出家さんも乗ってくださって」

「だからといって、推理の際にタップダンスって……」

ホームズさんは額に手を当てる。

自分がモデルなだけに、耐えがたいのだろう。

私は、まあまあ、とホームズさんをなだめた。

「これは舞台で、演じるのは喜助さんですし、絶対に素敵になると思います」

さっすが、と秋人さんが八重歯を見せる。

「葵ちゃんは分かってるなぁ。それじゃあ、稽古を兼ねて、俺とホームズの出会いのシーンをやるから、観ていってくれよ」

わあ、と私と相笠先生は明るい顔になり、ホームズさんは力なくうなずく。

私たちはいそいそと客席へと移動し、役者たちは舞台袖へと引っ込んだ。

秋人さんは舞台の端へと移動し、喜助さんは中央に安楽椅子を用意して腰を掛ける。

「そんじゃ、相笠先生、パンッと手を打ってもらっていいっすか。それで、スタートします」

秋人さんの呼びかけに、相笠先生は「あ、はい」と答えて、両手を胸の前へと上げる。

ごくりと喉を鳴らし、パンッ、と手を打った。

秋人さんが、すぅっ、と息を吸い込んだのが分かった。

『ホームズ、ホームズ、ホームズ、大変だ！』

秋人さんが舞台の端から中央に向かって走って出てきたかと思うと、足を止める。

『あ、いや、大変ってこともないか』

今度は台詞を歌に乗せ、

♪俺の名前は、梶間秋斗。花の大正時代を華やかに生きる書生だ。

落ちこぼれなんて言われても気にしない。

常にマイペース、それが俺の武器さ～♪

と両手を広げて、くるくる回りながら踊る。

ホームズさんは冷ややかな表情で、ぽつりと囁く。

「本当にミュージカル仕立てなんですね」

私も、ですね、と最初は苦笑いだった。

だが、観ているうちに、引き込まれていった。

舞台で歌って踊る秋人さんから彼の屈託のなさ、魅力がしっかり伝わってくる。

相笠先生は、胸の前で両手を組み、可愛い、と熱っぽく洩らしていた。

ホームズさんも観ているうちに、気持ちを切り替えたようだ。

「秋人さん……あんなに歌って踊れたんですね」

と、少し感心したように洩らす。だが、喜助さん演じる神頭清里――『ホームズ』の場面になると、再び冷ややかな表情になった。

ホームズこと神頭清里を演じる喜助さんは、部屋に飛び込んできた秋人さんから新聞記事の内容を聞き、ふむ、と腕を組む。

『家出した――、と思われていた花屋敷家の当主の死体が大阪港《おおさかこう》に浮かんだ……』

『そうなんだよ。兄貴たち警察の間では、自殺か他殺かで大騒ぎだったってよ』

秋人さんの言葉を受けて、椅子に腰を掛けていた喜助さんはゆっくりと立ち上がる。

そして、立ち尽くしていたかと思うと、急にカツンと一度足を鳴らす。

そのまま、その場でタップダンスを始めた。

『花屋敷家は大財閥……』

カツンカツンと、軽快な足音が舞台に響く。

『当主は婿養子――』

激しいタップダンスに、私は圧倒された。

ホームズさんもぽかんと口を開けている。

喜助さんはぴたりと足を止め、一拍置いて秋人さんを見る。

『おそらく自殺でしょう』

『えー、どうしてそう思うんだよ』

『元々、彼は名ばかりの当主。財産の権利は妻が持っていますし、もっと若い頃ならともかく、還暦を迎えた今になって、わざわざ殺害される動機が見当たりません』

『なんだよ、てっきり殺人事件でホームズの出番かと思ったのによう』

『そんなに事件ばかりあっては、僕の体力が持ちませんよ』

そう言ってカツンと足を鳴らした喜助さんに、私たちは思わず笑ってしまった。

「――と、こんな感じなんだ」

秋人さんと喜助さんが、私たち客席の方を向く。

私と相笠先生は、「素敵でした」と、やや興奮気味に拍手をした。

「まぁ……この舞台はエンタメですからね。振り切っていて、ある意味、良いのではないでしょうか」

と、ホームズさんは、自分に言い聞かせるように言って、拍手をしている。

秋人さんが手招きをしたことで、私たちは再び舞台に上がった。

「本番では、俺と喜助くんのダンスバトルシーンなんかもあるんだぜ！」

「ダンスバトルシーン？」

ホームズさんは困惑していたけれど、秋人さんは満面の笑みで、おう、と答えた。

「すげー、練習したし」

「やはりどう考えても、ダンスを入れるのは無理があるような……」

と、ホームズさんが小声でぼやくも、秋人さんは気にせずに会話を続ける。

「なぁ、ホームズはタップダンスできるのか？」

「……できないですよ。そもそも、タップダンスをしたことがありません」

「え、じゃあ、今、踊ってみてくれよ」

「はっ、どうしてですか？」

「前に、人の動作を見るだけで、その動きをコピーできる、みたいなことを言ってただろ？」

「それなりに真似ができると言っただけですよ」

と、ホームズさんはそっぽを向く。

なぁ、と秋人さんが私に視線を移した。

「葵ちゃんも、ホームズのタップダンス、見てみたくねぇ？」

えっ、と私は戸惑う。喜助さんのタップダンスは、最初は仰天したけれど、やはり素敵だった。ホームズさんが、タップダンスしたなら……。

想像したことで、意図せず頬が熱くなる。

そんな私の顔を見るなり、

「やりましょう」

と、ホームズさんは胸に手を当てる。

ええっ、と私は目を剥いた。

「いえ、ホームズさん、私は『やってほしい』とは言ってませんよ？」

「まぁ、せっかくの機会ですからね。ですが、秋人さんと喜助さんにもご一緒してもらいたいです」

おっ、と秋人さんが目を輝かせ、

「ある意味、ダンスバトルだな」

「それじゃあ、秋人君が最初にタップを始めて、次に僕が、そして清貴君と続けていくかたちにしようか」

と、喜助さんが提案する。

よっしゃ、と秋人さんが答えて、三人は三角形になって向かい合った。

まずは、秋人さんがタップを始め、次に喜助さんが踊り出す。

最後に彼らの動きを目だけで追っていたホームズさんが、ダンスを始めた。

初めてであるはずのホームズさんが、二人に負けず踊る様子に、皆がどよめく。

秋人さんと喜助さんは、少し悔しそうな顔をして、さらにリズムを速めた。

三人はやがて一列になり、足音を揃えてタップダンスをし、秋人さんの合図で同時に止まる。

その瞬間、私たちは歓声と拍手を送った。

「すごい、素敵でした」

私がそう言った横で、

「イケメン三人のタップダンスシーン、迫力満点っ」

相笠先生も大興奮で拍手をしている。

「いやー、ホームズはマジですげえな」

「常日頃、体を鍛えているからこそなんだろうねぇ」

と、秋人さんと喜助さんが感心したように言う。

「なぁ、ホームズも、良かったら舞台に……」

「いえ、遠慮いたします」

秋人さんの言葉が終わらないうちに、ホームズさんは即座に答えた。

相笠先生は、「清貴さんは、出るわけないわよね」と笑い、秋人さんに視線を移す。

「ここにきて、現場の雰囲気がとても良いのを感じました。それは秋人さんの尽力が大きいと思うんです。あらためて、秋人さんに座長を務めてもらえて幸せだと思いました。ありがとうございます」

その言葉に秋人さんも感激したのか、

「うわー、マジで嬉しいっす。ありがとうございます。先生、良かったら今日一緒に食事でもどうっすか？」

と、また相笠先生の手を握る。

その瞬間、相笠先生の顔が真っ赤になり、私たちは笑い合った。

その後は、皆で記念撮影などをし、私たちは会場を後にする。

時々、不本意そうだったホームズさんを除き、雰囲気は終始とてもなごやかだった。

しかしこの時、私は気付いていなかった。

この中に、悪意を持った目を向けていた人がいたのだ――。

4

騒動が起こったのは、私たちが南座を訪れた、その夜のことだ。

『華麗なる一族の悲劇』の公式アカウントが、SNS上で考えられない投稿をしたのである。

『今日は原作者がアポもなく突然来訪。似合っていると思っているのか、相変わらずのゴシック&ロリータファッション。薔薇のタトゥーはまるで青なじみのようで、見ていて痛々しかったです』

そんなつぶやきとともに投稿された相笠先生の写真は、目が半開きになっている瞬間であり、まさに悪意が感じられる投稿だった。

そんな公式アカウントのつぶやきは、即座に削除された。が、目にした者は多く、大きな話題となり、一時は『公式が悪口』というワードがトレンドに上がったほどだ。

当の相笠先生は――てっきり怒り狂うかと思えば、だんまりを決め込んでいた。

公式アカウントも対応に悩んでいるのか、沈黙を貫いている。

しかし、SNS上では、『原作者が来訪したこととか知ってるわけだし、完全に内部の人間の仕業じゃん』『誰か特定して、降板させるべき』という声が後を絶たない。

現場が混乱を極めるなか、

「ホームズ、助けてくれ！」

と、秋人さんが救いを求めてきたのは、その騒動が起こってすぐのこと。

「もうすぐ初日だってのに、みんな疑心暗鬼になって稽古どころじゃないんだ。今の状態だったら観客も楽しめない。ホームズ、力を貸してくれよ」

そして、秋人さんだけではなく、

「清貴さん、私からもお願いできるかしら」

相笠先生からのたっての願いを受けたホームズさんは、仕方ない、という様子で、真相究明に乗り出すことになった。

5

「公式SNSは俺と、ディレクター、そして役者たちの間でIDとパスワードが共有されているんだ」

騒動が起こってから、時を置かずに、私とホームズさんは再び南座を訪れていた。

ここは舞台上であり、秋人さん、喜助さんの他、演出家にディレクター、そして、薔子役、蘭子役、菊男役、百合子役の俳優が揃っている。

SNSについての説明をしたのは、横山《よこやま》という演出家の男性だった。

「つまり、舞台に出演する役者は、全員自由につぶやけるということですね？」

ホームズさんが確認を取ると、横山さんは、いや、と首を横に振った。

「つぶやけるのは、役者全員ではなく、ここにいる主要登場人物だけだ」

喜助さん、薔子さん、蘭子さん、菊男さん、百合子さんが、顔を見合わせる。

相笠先生はゴスロリファッションを揶揄《やゆ》されたことで腹が立ったのだろう。今日は当てつけとも思える真っ赤なドレスを纏《まと》い、役者たちを前にして、冷ややかな目を向けている。

「正直に名乗り出てもらったら、私もこれ以上、大ごとにするつもりはないわ。身に覚えがある人は？」

そう問うたところで、皆の前で挙手をする人はなかなかいないだろう。

役者たちは、それぞれ苦々しい顔をしているだけだ。

ホームズさんは皆を見回して、ふむ、と腕を組む。

「おそらく皆さんのスマホを提出してもらっても、画像など証拠になるようなものは、すべて削除しているでしょうね」

とはいえ、とホームズさんは続ける。

「知り合いの探偵にお願いしたら誰がアクセスしたのか、すぐに調べられると思います」

知り合いの探偵とは、小松さんのことだろう。

「本当に調べられるんですか？」

と、ディレクターが前のめりで訊ねる。

「ええ、ですが、それなりに調査費用はかかると思いますよ」

ホームズさんの返答にディレクターの表情が曇った。が、相笠先生が即座に言う。

「費用は私が払うわ。いくらかかってもかまわない……」

そんなやりとりを前にしても、役者たちの様子は変わらない。

私には、誰が怪しいのかなど、まったく見当もつかないけれど、ホームズさんはもう見破っているのだろうか？

　相笠先生は、皆の顔を見据える。

「私は単純に知りたいの。おそらく皆さんは、私がどういう作家なのかは既に知っていたはず。それを承知の上で、この仕事を請けておきながら、あんなふうに書くってどういうこと？」

　聞いていて、彼女が怒りから興奮しているのが分かった。

「相笠先生ご自身は、どのような動機だと？」

　ホームズさんに問われて、相笠先生は我に返ったようだ。

「……おそらく、作家志望者ね」

　えっ、と私の口から声が洩れた。

「つまり、俳優さんの中に作家になりたい方が？」

　そうよ、と相笠先生は鼻息荒く答えた。

「役者をしながら作家を目指すのは、珍しい話じゃない。あのつぶやきには、作家である私への妬みが透けて見えるもの」

　ちなみに、とホームズさんが訊ねる。

「あの日は、本当にアポなしでの来訪だったのでしょうか？」

「失礼なこと言わないで。ちゃんと横山さんに連絡してから行ったわよ」

と、相笠先生はムキになったように言う。

横山さんが申し訳なさそうに頭を下げた。

「相笠先生の来訪はサプライズにしようと思いまして、演者の皆さんには、伝えていなかったんです」

「スタッフの皆さんはご存じでしたか？」

「スタッフには伝えました。先生をお出迎えしなければなりませんし、花束の用意もしてもらいました」

彼らの話を聞きながら、私は、うーん、と唸った。

「やっぱり、役者さんに絞られてしまうんですね……」

「そうとも限りません。知らなかった体《てい》でつぶやくことで、候補から免れる場合もありますし」

ホームズさんはそう言った後、まずは横山さんを見た。

「演出家の横山さんとディレクターさん、このお仕事を請けた経緯をお伺いしても？」

ホームズさんに問われて、二人はぎょっとした様子だ。

経緯って、と横山さんは頭を掻いた。

「僕は、出版社サイドから依頼を受けたんだ。近年俺は二・五次元の舞台演出をよく手掛けていてね。今回は初めて南座を使って演出ができるから、本当に嬉しく思っていて……」

横山さんがそう言うと、ディレクターがそれに続いた。

「自分も同じような感じです。トラブルがあるとディレクターが大変な目に遭うので、今回のことも頭を痛めているんですよ。いい迷惑です」

ディレクターの隣にいた薔子さんが、同感、と強く相槌をうつ。

「前にも言った通り、私は『悲劇シリーズ』が好きで、この舞台のオーディションに臨みました。もし原作者に文句があるなら、オーディションなんて受けません」

薔子さんがそう言うと、本当です、と百合子さんが前のめりになった。

「私は子どもの頃からこの業界にいます。万が一、思うことがあっても、自分の仕事に支障をきたすようなことは絶対にしないです。なにより私は相笠先生のファンで、オーディションを受けました。百合子を演じられることになって喜んでいたんです」

俺も、と菊男さんが首を縦に振る。

「俺の場合、『菊男』は所謂、悪役っぽいキャラクターですが、久々にもらえたインパクトのある役なんです。舞台を成功させたいって思っています」

喜助さんも、うんうん、とうなずいた。

「僕もまったくもって同じ気持ちです。僕は相笠先生のスタイルは個性的で素敵だと思っています。なにより僕は、人生において、女性を悪く言ったことがありません」

と、喜助さんは胸に手を当てて、堂々と言う。

その言葉を聞いた喜助さんの元彼女である蘭子さんは、あはは、と笑った。

「たしかに、喜助くんは女の人を絶対悪く言ったりしないよねぇ」

はい、と喜助さんはうなずく。

「ねっ、そういえば、浅宮麗さんとは上手くいってるの？」

「ええ、まぁ……って、この話はいいじゃないですか」

と、喜助さんは照れたように答えていた。

「たしかに今話すことじゃなかったね」

蘭子さんは、ごめん、と言うと、ホームズさんを見た。

「私は、ずっとグラビアアイドルでしたけど、新しいことを始めたいと思っていたんです。そんな時、あっきー……秋人さんが主演の舞台があると知りました。舞台の世界って実力主義で、私みたいなのには厳しく当たられるんじゃないかって怖かったんです。でも、秋人さんが座長なら大丈夫だろうと思ってオーディションを受けました。この舞台、すごく楽しいですし、自分の可能性を広げられるチャンスなんです。あんなことつぶやきません」

こうして皆の言葉を聞いていると、犯人なんていないのではないか、という気持ちになり、私は眉間に皺を寄せた。

相笠先生も同じ気持ちだったのか、訝しげに横目でホームズさんを見やる。

「清貴さんは、誰が犯人だと？」

「現時点で——小松さんに特定してもらわない限り、僕は証拠を出せるわけではありません。あくまでも僕の妄想の域になるのですが……」

「妄想でいいわよ。言ってちょうだい」

と、相笠先生は痺れを切らしたように言う。

「では、役名で呼ばせていただきますね」

そう言って、ホームズさんは皆を見回した。

「薔子さん、百合子さん、菊男さん、蘭子さんは、どちらのご出身ですか？」

いきなりの質問に、皆はきょとんとする。

「ええと、私は東北です」

「私は、東京です」

「俺は、九州です」

「あっ、私は関東です」

薔子さん、百合子さん、菊男さん、蘭子さんの順に答えた。

ホームズさんは、では、と蘭子さんの方を向いた。

「関東だという蘭子さん、あなたのご出身は、茨城県ではありませんか？」

蘭子さんは、えっ、と虚を衝かれたように目を見開いた。

「えっと、はい、茨城県出身っていうか、今も住んでますけど？」

そこまで言って、どうしてそれを？　と洩らした。

「別に隠しているわけじゃないんですけど、公表もしていないのに」

「先日、蘭子さんは『しみじみこの役をがんばりたいと思いました！』と仰っていました。

この言葉に違和感を覚えたので、その後調べてみたんです。『しみじみ』とは茨城県の方言で、『しっかり、ちゃんと、の意』、つまり、『しっかりこの役をがんばりたいと思いました！』ということなんですよね」

ええと、と蘭子さんが顔を引きつらせる。

「それがなにか？」

「問題のSNSにも茨城弁が使われていました。『薔薇のタトゥーはまるで青なじみのようで、見ていて痛々しかったです』と」

ホームズさんの言葉がピンと来ないようで、蘭子さんは顔をしかめている。

「『青なじみ』ですか?」

と私が小声で確認すると、そうです、とホームズさんが答える。

「『青なじみ』は、茨城弁で、『青あざ』のことだそうです」

ええっ、と蘭子さんは目を剥く。

「青なじみって、全国共通語じゃなかったんだ?」

それじゃあ、と薔子さんが蘭子さんに一瞥をくれる。

「あのつぶやきは、あなたが……」

蘭子さんは慌てて首を横に振った。

「いやいや、私ではないです、ほんとに! 相笠先生のファッションとか、超可愛いと思ってますし」

必死に言い繕うも、相笠先生を含め、周囲の人間は信じていないようだ。

どんどん空気が冷えて、蘭子さんへの視線が厳しいものへと変わっていく。

相笠先生がなにかを言おうとした瞬間、それを制するようにホームズさんが口を開いた。

「そうですね。僕もあなただとは思っていません」

へっ、と相笠先生と蘭子さんが、目を瞬かせる。

「あのつぶやきは、『青なじみ』というワード以外、あなたの言葉とは思えません。無理やり『青なじみ』という方言を入れた印象です」

それじゃあ、と私は小声で言う。

「誰かが、蘭子さんに罪を……？」

「ええ、蘭子さんの方言を利用して犯人に仕立てようとした人がいるのではないでしょうか？　たとえば、その方は他の人物よりも、蘭子さんの方言に敏感な人――」

そういえば、と私は先日のやりとりを思い返す。

蘭子さんが『しみじみ』と言った際、すかさず窘めた人がいるのだ。

――『蘭子』は演じていてとても楽しいです。あっきーのためにも、しみじみこの役をがんばりたいと思いました！

――ほら、蘭子、また。

その人物は……。

他の人も同じように思ったのだろう。皆はそれぞれに、薔子さんの方に目を向けた。

薔子さんの顔は青褪《あおざ》めて、目は泳いでいる。

『目は口ほどにものを言う』とは、よく言ったものだ。

その姿は、まるで全身で自供しているように見えた。

相笠先生は、困惑したように薔子さんとホームズさんを交互に見やった。

「どうして彼女が……？」

「おそらく、ダンスシーンです」

ホームズさんの返答に、えっ、と私たちは訊き返す。

「薔子さんは、『原作のファン』ではなく、『悲劇シリーズ』のファンだと仰いました。『悲劇シリーズ』は、エラリー・クイーン著作の『Xの悲劇』、『Yの悲劇』、『Zの悲劇』、『レーン最後の事件』とドルリー・レーンを主役とした四作品のこと。このことに間違いはありませんね？」

薔子さんはぎこちなく首を縦に振る。

「そして、『華麗なる一族の悲劇』は、『Yの悲劇』のパスティーシュです」

私たちは黙って、ホームズさんの言葉に耳を傾ける。

「薔子さんは、『華麗なる一族の悲劇』を好意的に受け止めていた。その作品が舞台化され、自分が演じることになって喜んだのも束の間、いざ蓋を開けてみると、随分とエンタメ色が強い」

ですが、とホームズさんは続ける。

「メディアミックスには改変があるもの。薔子さんも最初は『仕方がない』と思ったかもしれない。しかし、この改変が相笠先生自らの案だと知り、こう思ったのではないでしょうか？　『許せない。著者が自ら作品をこんなふうに変えてしまうなんて』と……」

薔子さんはエラリー・クイーンの熱心な読者だった。

それが故に、パスティーシュを手掛けた著者自ら改変したのが許せなかった。

そんなホームズさんの見解を聞き、相笠先生の表情が曇る。

「……もし、それが本当なら返す言葉もないわ。だけど信じてほしいのは、私はただ、『良いものを作りたい』っていうことに全力を尽くした。だって小説は小説、舞台は舞台で別のもの。それぞれのステージでもっともお客さんが楽しめるようにしたいと思ったんです。私はよく舞台に行くから……」

そう言いながら、相笠先生の声がくぐもる。

相笠先生は、小刻みに震える体を抱き締めて、ぐっとうつむいた。

「でも、思えば、原作者であるのを盾にして、私は舞台を私物化してしまったのかもしれない……」

「先生、そんなことないっすよ。原作そのままを舞台化するより、百倍面白いって、俺、マジで思ったんです」

と、秋人さんがすかさず声を上げて、彼女に寄り添った。

その時だ。

「全っ然、そんなんじゃないわよ！」

と、薔子さんが声を荒らげたのだ。

私たちはギョッとして、彼女を見やる。

「そんなんじゃないとは？」

と、ホームズさんが問う。

「家頭さんの言う通り、私は『悲劇シリーズ』のファンで舞台の改変にも驚いた。それはその通りよ。けど、舞台として良かったと思っている」

「それじゃあ、あなたも執筆を……？」

と、相笠先生が訊ねると、薔子さんはムキになったように言った。

「それも違うわよ。なにが『ホームズ』よ、なにが『ミステリ作家』よ！　揃いも揃って見当はずれのことばかり、ぼんくらじゃない！」

ホームズさんは、おや、となぜか少し嬉しそうに微笑む。

「それは失礼しました。ですが、あのつぶやきは、あなたで間違いはないのですか？」

あらためて問われて、薔子さんは言葉を呑み込んだ。

ややあって、そっと口を開く。

「……誤魔化しても、知り合いの探偵とやらが調べたらバレてしまうのよね」

薔子さんが、その続きを言いかけた時、相笠先生は明言するのを阻止した。

「みなまで言わなくていいわ。私が一番知りたいのは理由。動機だから」

あのつぶやきを投稿したのは、薔子さんだった。

その動機は、ホームズさんが言った舞台への不満でも、相笠先生が言う作家志望者であるが故の嫉妬でもなかった。

でも、と私は眉間に皺を寄せる。

相笠先生が言ったように、あのつぶやきにはたしかに『嫉妬』が含まれているように感じられる。その嫉妬は、どこから来ているのだろう？

私は半信半疑の中、あの、と訊ねる。

「もしかして……秋人さんが原因ですか？」

秋人さんは、へっ？　と自分を指差した。

「俺のなにが？」

薔子さんの顔がみるみる赤くなっていく。

「相笠先生が、原作者であるのをいいことに、『女』を使って、秋人さん……役者と親しくなるなんて許せないって、あの時、思ってしまったんです」

相笠先生が来た時、秋人さんはその手を取って、握手をしていた。

さらに食事にも誘っていたのだ。

「『女』なんて使っていないし、そもそも、あんなの社交辞令よね……」

相笠先生が呆然として言うと、薔子さんは苦々しい表情で、首を横に振る。

「私……元々、『梶原秋人』という俳優が苦手だったんです。チャラいし、空気読めないし、バカっぽいなって」

「え、なんで、俺ディスられんの？　もらい事故じゃね？」

秋人さんが小声でぼやくと、しっ、とホームズさんが人差し指を立てた。

「でも、この舞台で秋人さんと一緒になって印象が変わったんです。秋人さんはバカっぽいけど頭の回転は速くて、空気を読めないんじゃなくて、あえて読まない人なんだって。そこが、とても素敵だと思ったんです。それで意識してもらいたいって、色々がんばっていたんですが……、まったく相手にされなくて、心が折れかかっていたんです」

薔子さんはそこまで言って、大きく息を吐き出す。

「そんな時、相笠先生がやってきた。秋人さんは、作家だったお父様をとても誇りに思っていて、そのせいか作家を前にすると尊敬の念をあらわにする傾向にある。もしかしたら、

彼が恋をする人は作家なんじゃないかって思ったんです。私は二人きりで食事に誘っても
らったこともないのに、相笠先生はアッサリ声をかけられたりしていて……」

薔子さんは、秋人さんを好きになり、振り向いてもらおうと、努力していたのだろう。

だが、秋人さんがなびかなかったことで追い詰められていたのかもしれない。

「えっ、マジで俺のことを……？」

と、秋人さんは、呆然とした様子だ。

秋人さんは、薔子さんの気持ちに微塵も気付かなかったようだ。

秋人さんには、もっと分かりやすいアプローチが必要だったのかもしれない。

なるほど、とホームズさんは相槌をうつ。

「蘭子さんに罪をなすり付けようとしたのは、蘭子さんと秋人さんが個人的に親しかった
からなんですね……」

「蘭子と秋人さんが元々知り合いで、オーディションを受けたっていうのも、相笠先生が
来た時の挨拶で初めて知ったんです。それもなんだか、許せない気持ちになってしまいま
した」

そして、と薔子さんは囁くように言う。

「あの日の夜は、私、お酒が弱いのにやけ酒をしてしまったんです。飲みながら、今頃、

相笠さんと秋人さんはデートしているのかと思ったら、やりきれない気持ちになって……。ひとつだけ言い訳をさせてもらうと、実はつぶやくつもりはなかったんです。『揶揄する投稿をしてやりたい。でも、バレないように蘭子が疑われるようにしてやる』と、つぶやくだけつぶやいて、実際には投稿はせず、削除しようと思ってました。ストレスがたまるとよくやるんですよ。ですが、その時は慣れないお酒のせいで操作を誤って公開してしまいました。さらに、公開されていたことに気付くまでに少し時間が空いてしまって。焦ってすぐに消したんですが、時既に遅くて……」

と、薔子さんは手で顔を覆う。

これは本当のことだろうな、と感じた。

そんな彼女を前に、相笠先生は、呆れたように息をつく。

「あの時、秋人さんに『食事でも』と言ってもらえたけど、結局行ってないですし、もし行ったとしても、二人きりのわけがないです。そもそも秋人さんは、私を異性として見ていないですし、私は私で今、ちゃんと彼がいます」

相笠先生は厳しい口調で言う。

薔子さんは顔を歪ませて、うつむいた。

「申し訳ございませんでした。こんな過ちを犯した私は、降板になっても仕方ないと思っています」

演出家の横山さんやディレクター、そして役者たちは、どうしたものか、と相笠先生に視線を送る。

相笠先生は、ふん、と鼻を鳴らして、薔子さんを見据える。

「ここで、逃げるような真似は許さない。あなたにはしっかり薔子を演じてもらう。それが、責任を取るということよ」

「そんな……こんな騒ぎになったのに、いいんですか？」

と、薔子さんが震えながら小声で訊ねる。

「そのことについては、私に考えがあるわ」

そう言って、相笠先生は腕を組んだ。

6

いよいよ『華麗なる一族の悲劇』は、初日を迎えた。

私とホームズさんは初日の舞台チケットをもらっていたため、期待に胸を膨らませながら席に着く。

劇場は満員御礼で、皆は嬉しそうにパンフレットを開いていた。

「あの動画、面白かったよね」

という声があちこちから聞こえてきた。

「あの一連のことを宣伝に変えちゃったのには、驚きましたね」

私は小声でつぶやいて、まだ幕が開いていない舞台を眺める。

相笠先生は、一連のつぶやきに対し、『あれは私が宣伝用に仕掛けようと思ったもの。まだ投稿するつもりはなかったのに、間違えて公開してしまったの』と自身のＳＮＳで伝えたのだ。

それはどういうことなのか、と突っ込んで問われると、相笠先生はこう答えた。

『初日の前日に公式動画チャンネルがオープンするんです。その時に、「ＳＮＳで原作者を揶揄したのは誰なのか⁉ その答えは、動画で明かされる！」という宣伝用の寸劇をしたいと思っているんですよ。お騒がせしてすみません。よろしくお願いいたします』

その言葉通り、昨日、公式動画チャンネルが開設された。

ホームズさんを演じる喜助さんが共演者たちを一列に並べて、見事なタップダンスを披露する。

ややあって、真相が分かりました、と言い、カツンと音を鳴らして足を止める。

『犯人は薔子さん、あなたですね。あなたは、エラリー・クイーンの熱烈なファンであり、パスティーシュの原作までなら許容できた。が、今回の舞台の改変は許せなかった。違いますか？』

喜助さんに指差された薔子さんは、頭を抱えるように絶叫する。

『そうよお！　推理の時にタップダンスをするなんて訳が分からない。許せなかったのよ。そして蘭子もね！』

えっ、と蘭子さんは大袈裟に驚く。

『私は東北出身で、上京してものすごく言葉に気を付けているのに、蘭子ったら、プライベートでは茨城弁をまったく直そうとしないんだもの』

薔子さんに指を差された蘭子さんは、すかさず声を張り上げた。

『この、でれすけっ！　ダンスは絶対にあった方が楽しいし、方言だってね、関西弁を含めた一部の方言だけが特別視されているけど、そんなことはない。どこの方言も尊い文化だっぺよ！』

『なによ、その「でれすけ」って』

『「ばかたれ」ってこと！』

『さあさあ、真相が解明されましたね。舞台の宣伝をしましょうか。明日がいよいよ初日ですよ』

そんな動画は大きな話題を呼び、ネット上には『舞台を観に行きたい』という声が多く上がっていた。

「──あの動画では、僕のぼんくら推理の方を採用してもらえて嬉しかったです」

ホームズさんの言葉に、ぼんくらって、と私は思わず笑ってしまった。

騒動の後、相笠先生は、ホームズさんに、『宣伝動画にすることにしたの。で、動機なんだけど、清貴さんの推理の方が、舞台的に映えそうだから、それを採用させてもらいたいんだけど、いいかしら？』と許可を求められていたのだ。

ホームズさんは、『どうぞどうぞ、いくらでも』と快諾していた。

その際、ホームズさんは、彼女にずばり問うた。

『ところで、あなたは、許せるんですか？』

『別に許してないわよ。私にとって舞台の成功が最優先。なんていっても、これまで映画化、ドラマ化、アニメ化はしているけど、舞台化は初めてなんだから。まぁ、散々、地獄を見たから、この程度のこと、なんでもないわ』

でもね、と彼女は続ける。

『恋をして周りが見えなくなるのは、私にも理解はできるのよね。これに懲りてお酒を飲んだら、二度とつぶやかないよう忠告させてもらったし。女優さんに貸しを作っておくのもいいかなって。これって、清貴さん的な考えでしょう?』

そう言っていたずらっぽく笑った相笠先生は、出会った頃よりも随分強く、逞しくなったように見えた。

やがて、開演のブザーが鳴り、私は我に返った。

会場が暗くなり、舞台の幕が上がっていく。

『ホームズ、ホームズ、ホームズ、大変だ』

と、秋人さんが舞台に現われた時は、大きな歓声と拍手が沸き起こる。

そこから、ホームズさん役の喜助さんのタップダンスだ。初めて観た時は驚いたが、ここにいる観客たちは、待ってました、と歓声を上げげた。

そんな推理あり、アクションあり、歌とダンスありの舞台は、大いに盛り上がった。

特に、ホームズ役の喜助さんが推理に行き詰まった際、秋人さんが『しみったれた顔してんじゃねーよ!』と突っかかり、そこから繰り広げられるダンスバトルシーンは見応えがあり、私たち観客は、呼吸を忘れて観入った。

カーテンコールを終えても大きな拍手が鳴りやまず、初日は大成功で幕を閉じた。

「いや、思った以上に良かったですね」

と、ホームズさんも吹っ切れたように拍手をしていた。

「はい、千秋楽も楽しみですね」

私たちは、千秋楽のチケットも確保していた。

舞台は日を重ねるごとに話題となり、千秋楽は『プレミアチケット』と呼ばれるようになっていた。

千秋楽では、初日以上の盛り上がりを見せた。が、舞台の終盤で喜助さんが足をくじくアクシデントに見舞われてしまった。

スタッフに呼ばれて舞台裏に向かうと、喜助さんが足を引きずりながら、

「清貴君、最後のタップダンスのシーンだけ、代役を務めてくれないか⁉」

と、ホームズさんにしがみついた。

「なっ、できませんよ」

「いや、できるのを知ってるから。僕と君はシルエットがよく似ているし、深く帽子をかぶってもらったら、分からないと思うし！　どうかお願いします！」

「無理です、そんな」

と、ホームズさんは頑《かたく》なに抵抗している。

「あの、私もホームズさんならできると思いますし、舞台に立っているホームズさんを観てみたいです」

「お願いします、清貴君」

「………」

そんなこんなで結局は喜助さんの粘り勝ちで、舞台に上がることになった。

そうして千秋楽の最後のダンスシーンだけ、ホームズさんが代役を務めたのだけど、それはここだけの話だ。

おまけ

――それは、少し前の話。


「なあなあ、ちょっと外に出てきてくれよ」

骨董品店『蔵』に突然やってきた秋人さんは、扉から顔を覗かせて、手招きをした。

私とホームズさんは、なんだろう？　と不思議に思いつつ店の外に出る。

「ちょっと、ホームズ、これ持っててくれよ」

秋人さんは、スパークリングウォーターが入った５００mlのペットボトルを勢いよく振った後に、自分のスマホと一緒にホームズさんに手渡した。

「どうして、僕がこんなものを？」

ほぼ無理やり持たされたホームズさんは、嫌な予感がするのか冷ややかな目で言う。

「少し懐かしい『ボトルキャップチャレンジ』をしたいんだよ。そのボトルを持ってスマホで撮影してくれないか」

「ボトルキャップチャレンジ？」

「知らねーの？　結構前に流行ったじゃん。まあ、見てろよ」

秋人さんは、ホームズさんから一歩離れて、体を捻り、回し蹴りをする。

どうやらペットボトルのキャップを足で開けたかったようだが、見事に空振りして、その場に尻餅《しりもち》をついた。

「とても良い動画が撮れましたよ」

ホームズさんは、スマホを手に「うん」とうなずく。

「ちげーよ、尻餅つく俺とか、そんなの撮りたいんじゃねぇ！」

もう一回だ！　と声を上げて、秋人さんは再び勢いよく回し蹴りをするも、結果は同じ。

気がつくと尻餅をついている。なまじ回し蹴りをする時の姿がカッコイイので、尻餅をつく様子が可笑しくてたまらず、一歩離れたところで見ていた私は思わず笑ってしまう。

「葵ちゃんも、笑うなよぉ！」

情けない声を上げる秋人さんに、私は「ごめんなさい」と手を合わせた。

「でも、回し蹴りだったら、ホームズさんも上手にできそうですし、お手本を見せてもらったらどうでしょう？」

私の提案に、秋人さんは期待に満ちた眼差しをホームズさんに向けた。

ホームズさんは、仕方ないですね、と息をつく。

「それじゃあ、一回だけ。その前に上手な方の動画を観てみますね」

と、ホームズさんは、動画の検索をはじめた。

「おっ、そうやって人のを見るのは、やっぱ大事か？」

「ええ、人の動作をしっかり見ることで、それなりに真似ができるんですよ」

「って、おまえ、ほんとすげえな」

ホームズさんは動画を何度か観た後、自分のスマホをポケットの中に入れる。

「では、やってみますね。上手くできるかどうかは分かりませんが」

そう言いながら、ペットボトルとスマホを秋人さんに返す。

「おお、おまえが、成功しても失敗しても美味しいことには変わりねぇ」

相変わらず、秋人さんは正直すぎる。

秋人さんは、ペットボトルを持ち、スマホでの撮影の準備を整えた。

「よっしゃ、いつでもいいぞ」

「秋人さんは勢いよく回りすぎるんです。目的はペットボトルの蓋を開けることなのですから、ちゃんと見定めて」

ホームズさんは少し腰を落として素早く回転する。

だが、ペットボトルの前でほんの少しペースを落として、靴の裏で蓋をかすらせた。

蓋は勢いよく回転して上空に上がり、スパークリングウォーターが吹き上がる。

回り終えたホームズさんは、落ちてきた蓋をキャッチして、ふむ、とうなずく。

「こんなところでしょうか。もっとスピードを上げても良いかもしれませんね」

胸ポケットからハンカチを取り出して蓋を拭いて、秋人さんに差し出す。

そのあまりに見事な身のこなしに、私と秋人さんは言葉を失くした。

「どうしました？」

「ホームズ‼」

秋人さんは、突撃するようにホームズさんの腰にしがみつく。

「なんですか⁉」

「め、めちゃくちゃカッコ良かった！　俺にその技を伝授してくれ！」

「伝授って……、一回だけと言いましたよね？」

「そんなこと言わずに」

「嫌です」

ホームズさんは、呆れたように秋人さんの体を引きはがす。

「でも、秋人さんの気持ち、分かります」

「えっ?」

「今のホームズさん、すごくカッコ良かったですもん」

そう言うとホームズさんは押し黙り、口に手を当てた。ややあって、そっと口を開く。

「……仕方ないですね。もう一回だけですよ」

「ってか、おまえはマジで葵ちゃんに弱いな」

「ええ、僕の素敵な婚約者に感謝してください」

「いつもさらっと惚気をぶち込むなよ」

「惚気ているつもりはありませんが」

さらりとそんなことを言うホームズさんに、私の頬が熱くなる。

その後、秋人さんは見事なボトルキャップチャレンジ動画を投稿し、なかなかの話題を集めるのだが、それに気を良くした秋人さんは、その後、「NGシーン」ということで尻餅動画をアップする。その動画の方が、大きな話題となってしまい、大層悔しがっていた。

私はというと、あの時撮ったホームズさんの動画を秋人さんにもらって、時々観ている
……のは、ないしょの話。

第三章　神のまにまに

1

京都国立博物館――通称・京博から採用の通知が届いたのは、七月下旬のこと。

私、真城葵は、晴れて八月一日からインターン開始となった。

インターンに採用されたのは、三名のみ。

私以外の二人は大学院生であり、学部生は私だけだった。

その話を聞いた時、なんという過酷な競争を勝ち抜いたのだろう、と自分の強運に息を呑んだのだけど、後で聞いたところによると、応募は陶磁や絵画などに集中し、『マネージメント』を選択した人はほとんどおらず、なおかつ実際に展示などを経験したことがある学生は私だけだったそうだ。

それはそれで強運といえるのかもしれないが、結局のところ、ホームズさんの戦略勝ちだろう。

――初日。

インターン生は朝九時に南門で待つよう指示を受けていたため、私は八時五十分には、南門に到着していた。

『南門』とは、七条通沿いの門で、いわゆる一般来館者のための入口だ。

八月の京都は、朝から暑い。

青空が広がる良い天気である。既にかんかん照りであり、焼け尽くされるようだ。

ジージーと鳴くクマゼミの声が、暑さを増長させている。

家を出る時、母に帽子をかぶるよう言われたのだが、蒸されて汗だくになりそうだったので躊躇してしまった。

帽子か日傘を持ってきたら良かった、と恨めしく空を仰いでいると、

「あの、インターンの方ですか？」

若い女性が、おずおずと訊ねてきた。

華奢な体に白い肌、にっこりと微笑んでいるような目が印象的な可愛らしい雰囲気の人だ。黒髪のボブカットで、白いブラウスに濃紺のスカートを穿いている。

「あっ、おはようございます。そうです、インターンの真城葵と申します」

良かった、と彼女は微笑む。

「木村絵理《きむらえり》と申します。よろしくお願いいたします」

「こちらこそ、よろしくお願いいたします」

絵理さんは京都女子大学の院生で、史学を専攻しているという。

彼女は、『古文書』で採用されたそうだ。

そんな話をしていると、七条通を急ぎ足で駆けてくる青年の姿が目に入った。

彼は南門の前で足を止めて、はあはあ、と肩で息をしている。

「やばっ、初日から遅刻するとこやった……」

そう言うと、顔を上げて、白い歯を見せた。

「はじめまして、俺は瀬川航岸《せがわこうき》。工繊《こうせん》の院生で、繊維学域を専攻しています。『染織』で採用されました」

童顔で屈託ない笑顔が印象的な青年だ。院生ということで、彼は私よりも年上のはずだけど、同世代に見える。

『工繊』とは、京都工芸繊維大学の略。松ケ崎《まつがさき》に本部を置く工科系の国立大学だ。

ちなみに利休くんが、そこで建築学を専攻している。

私と絵理さんが瀬川さんに挨拶をしていると、女性職員が門の外に出てきた。

「木村さん、瀬川さん、真城さんですね」

はい、と私たちは声を揃える。

「今日からどうぞよろしくお願いいたします。栗城《くりしろ》と申します」

栗城さんは、そう言うと頭を下げる。彼女は細身で少しウェーブがかったショートヘア、黒いパンツスーツ姿だ。意志の強そうな眼差しが印象的だった。

よろしくお願いいたします、と私たちも頭を下げた。

ではこちらへ、と栗城さんは南門の前を通り過ぎて、東へと向かう。

「私たちスタッフは、お客様が使われるこの七条通の『南門』ではなく、東大路《ひがしおおじ》通沿いの『東門』から入構します」

東大路通沿いには、通用門があった。

「一般の人がここを使う場合、守衛室で手続きが必要ですが、あなた方には身分証明書を発行しておりますので、それを見せて通ってください」

と、栗城さんは、私たちにインターン生の身分証明書を手渡した。

もらったばかりの身分証明書を守衛さんに呈示して、建物の中へ入る。

ちなみに、と栗城さんは歩きながら話す。

「今の守衛さんは、外部委託の職員です。日本ではほとんどの博物館が、警備業務を外部に委託しております」

ですが、と彼女は続ける。

「この京博には『衛士』と呼ばれる正職員がおりまして、総務課の防災・お客様サービスセンターとして館内の巡回や防災管理、来館対応を行っております」

それはインターン生になったからこそ知り得た話であり、私は興味深く聞き入る。

私たちは、最初に館長室へ案内された。

扉の前までくると、横の壁に『館長室 Director』と書かれているのが見える。

中に入ると中央に応接セットがあった。二人掛けと一人掛けの黒いソファがそれぞれ二脚、長方形のテーブルを囲んでいる。

ソファの背面の壁には朝顔が描かれた掛け軸が掛かっている。おそらく、季節ごとに変えているのだろう。

館長のデスクは、窓側だ。背面は本棚で、びっしりと本が並んでいる。

館長は六十代の男性で、彼は私たちを見るなり、朗らかに微笑んで立ち上がった。

「皆さん、ようこそ、京博へ」

自己紹介を終えた後、私たちは館長から、うやうやしくインターンの辞令をいただいた。

「さすが、国博……学生インターンにもちゃんとした辞令をいくださるなんて」

と、絵理さんがしみじみと洩らしていたのが印象的だった。

次に副館長室へと移動した。

扉の横には、『副館長室　Deputy Director』と書かれている。

栗城さんは、ノックもせずに副館長室の扉を開けた。

部屋は、館長室よりも狭い。応接セットはあるけれど、ギュッと詰め込まれている。窓際のデスクの上は資料の山で、『未決』『既決』という木箱が置かれているのが印象的だ。

ソファには、四十代と思われる男性と女性の姿があった。その二人は、私たちが入るなり立ち上がる。

栗城さんは、くるりと振り返って、私たちを見据えた。

「あ、そうそう。副館長は私、栗城祐希《ゆうき》です」

彼女の言葉に、私たちは「ええっ」と目を丸くした。

思えば、京博の副館長の名が『栗城祐希』なのは知っていた。京博には今年赴任してきたばかりだが、文化庁や東京国立博物館などでの勤務も経験している。

博物館の世界では有名な方だという。

書かれたコラムなどにも目を通していたが、顔出しをしておらず、また字面から『クリシロ』ではなくて、『クリキ』だと思っていた。そして、そもそも、男性だと思い込んでいたのだ。

「栗城さんが女性だとは知りませんでした」

私がそう言うと、絵理さんも同じように驚いた様子で続けた。

「私もです。そして、随分、お若いんですね？」

そう、彼女は、三十代半ばに見える。

すると栗城さんは、弱ったように肩をすくめた。

「実はそんなに若くないのよ。でも、年齢より若く見られることが多くて、そのうえ女でしょう？　世の中変わってきているとはいえ、顔出ししてると、やっかみも多いし、正当に評価してもらえないことがあるのが面白くなくてね。あえて性別を分からないようにしてるわね」

そういうものなんだ、と私たちは相槌をうつ。

「それはそうと、彼らがうちの研究員です」

と、既に待機していたスタッフに目を向けた。

彼らは会釈をして、私たちを見た。

「はじめまして、当館で書籍・典籍・古文書、保存を担当しております、研究員の秋山典子《あきやまのりこ》と申します」

そう言ったのは、髪を後ろに一つに束ね、眼鏡を掛けた女性だった。

続いて男性が笑顔で言う。

「自分は、染織・金工・漆工を担当しています、研究員の林田哲也《はやしだてつや》です」

では、と栗城さんが、絵理さんと瀬川さんの方を向いた。

「『古文書』の木村絵理さんは秋山が、『染織』の瀬川航岸さんは林田が指導員を務めます」

絵理さんと瀬川さんは、よろしくお願いいたします、とお辞儀をする。

私の指導員はどんな方なんだろう、とドキドキしていると、栗城さんと目が合った。

「『マネージメント』の真城葵さんは、私が指導員を務めることになりました」

えっ、と私は驚いて目をぱちりと見開いた。

まさか、そんな、副館長が自ら……。

そんな気持ちが顔に出ていたのか、栗城さんは小さく笑った。

「当館で『マネージメント』の統括をしているのは私なの。もちろんスタッフはいるけど、他のみんなは忙しくて……」

どちらかというと、後者が主な理由のようだ。

「皆さんには、まずは京博の顔、『明治古都館』を観てもらいましょうか」

京博全般の概要説明を聞いた後、私たちインターンは栗城さんの案内で、『明治古都館』の見学をすることになった。

『平成知新館』を一歩外に出ると、真夏の熱波が一気に襲ってくる。

館内の整った空調設備に甘やかされた体には、こたえる暑さだ。

「今日も暑いね。急ごうか」

と言う栗城さんに、私たちは早足に『明治古都館』へと向かう。

『明治古都館』は、正面玄関に面して建っている煉瓦造りの建物だ。宮殿のような佇まいであり、重要文化財にも指定されている京博のシンボルである。

元々は、ここが本館として使われてきたが、建物も古くなり、これから修繕工事と免震のための改修工事に入るため、展示は行われていない。

「今、この『明治古都館』は、年に数回、イベントなどにも使われているんですよ」

そう話しながら、栗城さんは『明治古都館』の扉を開けた。

外からは何度も観てきたが、中に入るのは初めてだ。

私はドキドキしながら、皆とともに建物の中に足を踏み入れる。

まず目に入ったのは、広々としたスペースだ。天井が高く、今は何も置いていないので、がらんとしている。正面と左右に、奥の部屋へと続く両開きの扉があった。

さて、と栗城さんが私たちを見た。

「早押し問題です。って、押すところはないけど、分かった人から解答してくださいね。この『明治古都館』の設計者は、誰でしょう?」

そう問われ、

「片山東熊《かたやまとうくま》です」

私、絵理さん、瀬川さんの声が揃った。

「おっ、いいですね。では、片山東熊が師事していた建築家は?」

「ジョサイア・コンドルです」

と、これは、瀬川さんが早かった。

私も知っていたのに、と少し悔しい。

「そう、片山東熊は、明治時代、工部大学校……現在の東大工学部で、イギリス人のジョサイア・コンドルに師事した建築家です。それじゃあ、明治古都館以外で京都に片山東熊設計の建築はありますか?」

うっ、と私と瀬川さんは、言葉を詰まらせる。

絵理さんが、おずおずと口を開いた。

「九条山《くじょうやま》浄水場の……?」

「はい、そうです。九条山浄水場のポンプ室です。よくご存じでしたね」

「一度、スケッチに行ったことがありまして……」

絵理さんは、はにかみながら答える。

「では、この博物館ができる前、ここに何があったでしょうか？」

「方広寺《ほうこうじ》です」

と、これは私が早かった。

かつてこの土地には、豊臣秀吉《とよとみひでよし》・秀頼《ひでより》によって建立された『方広寺』という寺院があった。そこには、東大寺の大仏よりも大きな大仏があったという。

「あー、『京の大仏さん』かぁ」

と、瀬川さんが少し悔しそうに答える。

「まぁ、クイズごっこはこの辺にして、『明治古都館』の中でもっとも美しい部屋、『中央ホール』に案内しますね」

と、栗城さんは、正面の扉を開けた。

そこは、壁も天井も真っ白だ。周囲の壁に沿って柱がめぐらされている。

わぁ、と私たちは部屋を見回す。

「まるで、ギリシャの神殿みたいですね……」

「本当に真っ白で、綺麗」

「ほんまや、アテネやな」

栗城さんは、ふふっ、と笑った。

「たしかにパルテノン神殿のようですけど、ここは『エジプト風広間』と呼ばれているんですよ」

「へぇ、エジプトて、こういう雰囲気なんですねぇ」

と、瀬川さんが意外そうに言う。

「壁に沿って柱がめぐらされているこの形式が、『エジプト風』ですね」

そういえば、イシス神殿やルクソール神殿も柱が特徴的だ。

「ちなみにこの部屋の柱、一見石でできているようでしょう？　実はすべて木なんです。基礎から天井まで伸びた木柱に、石膏《せっこう》を巻いているんですよ」

私たちは、へぇ、と洩らして、柱に顔を近付ける。

「美しい天窓や、ヴォールト状の換気孔、櫛形の破風など、ここは、部屋そのものが見どころですね」

栗城さんはしみじみ言って、私たちを振り返る。

「さっきも言いましたが、この『明治古都館』は有料で施設の貸し出しもしています。このホールで、コンサートやハイブランドの展示会などのイベントも行っているんですよ。国博ということもあって、以前は積極的に営業をかけたりはしていなかったんですが、今は変わってきています」

　この美しいホールでイベントを開けたら、どんなに素晴らしいだろう。

「もし、皆さんだったら、ここでどんなイベントを企画したいですか?」

　はい、と瀬川さんが手を挙げる。

「俺は『恐竜展』をやりたいです。この真っ白な部屋に恐竜の化石とかが展示されていたら、アツいなぁって」

　うん、と栗城さんが愉しげにうなずく。

「ロマンがあっていいですね」

　次に、私と絵理さんが同時に挙手した。

「それじゃあ、まず、木村さん」

　と、栗城さんが、絵理さんを見る。

　絵理さんは、遠慮がちに答えた。

「私は現代アート展を企画したいです」

「このレトロな空間に現代アート。その対比が素敵になりそうですね」

うん、と栗城さんはうなずいて、今度は私の方を向く。

「では、真城さん」

はい、と私は返事をしてから答える。

「私はこのホールの雰囲気を生かして、そのものずばり『古代エジプト展』を企画したいと思いました」

「ここで、その企画ができたら、映えそうですねぇ」

うんうん、と栗城さんは嬉しそうに微笑む。

「三者三様、素敵な意見をありがとう」

「実現できそうっすか？」

と、瀬川さんが問うと、栗城さんは肩をすくめた。

「イベントの発想としては悪くないんだけど、京博は基本的に京都を中心とする日本・東洋の文化財を主な対象としています。なので、『京博が主催者となる場合』には、館のミッションやポリシーを考える必要があるわね」

と、栗城さんは話す。

過去に貸館のような展示をしたこともあるが、その時も『展』という言葉は絶対に使わなかったそうだ。

ただ、そのことに栗城さん自身はこだわっているわけではなく、今後はもう少し柔軟な発想も必要だと思っている、と彼女は話す。

「それじゃあ、次の部屋を見ていきましょうか」

はい、と私たちは声を揃え、栗城さんとともに『エジプト風広間』を出た。

2

午後。インターンは、おのおの指導員と行動することとなった。私は、栗城さんの案内で、彼女とともに館内を歩いていた。

ぐるりと館内を一周し、エントランスホールに戻る。

「『ミュージアム・マネージメント』を直訳すれば『博物館運営（経営）』。堅苦しいので、一般的には『マネージメント』という言葉を使う傾向にあります」

ちなみに、マネージメントは、マネジメントとも呼ばれている。どちらでも構わないが、どちらかというと、『マネージメント』を使うことが多いそうだ。

「簡単に言えば、博物館の企画及び管理運営に必要な専門的知識を得る科目。もっとくだけて言うなら、博物館組織の運営に関するノウハウを学ぶことです」

通路に沿った壁一面の窓から、明るい光が差し込んでいた。

私が眩しさを感じていると、栗城さんは足を止めて窓に目を向ける。

「この『平成知新館』は、グランドロビーやエントランスホールはこうして自然光に溢れているけれど、展示室や収蔵庫は二重の壁で遮って、いっさい自然光が入らないように作られています」

自然光は、所蔵品を劣化させることがある。しっかり護られているということだ。

半歩前にいた栗城さんが、振り返った。

「ここで、クイズです」

彼女は遊び心がある人だ。私は頬を緩めながら、はい、とうなずいて問題を待つ。

「美術館と博物館、決定的な違いは何か、簡単に答えてください」

私の喉がごくりと鳴った。

「美術館は、美術品を魅力的に展示し、芸術分野の発展と保護を目的としていて、博物館は、一般公衆に文化に触れる機会を与え、研究や調査に重きを置いている——でしょうか」

私がそう答えると、彼女は、うーん、と唸った。

「よく聞くような一般的な解答ね。実のところ、法令上は美術館は博物館の一種であって明確な定義づけはないの。当館だって『博物館』だけど、美術品を魅力的に展示しているし、岡崎《おかざき》にある京都国立近代美術館だって、しっかり研究や調査を行っている」

　私は黙って、彼女の話に聞き入った。

「博物館か美術館か、あるいは資料館か記念館か、というのは単なる名称であって、設置者が自由に決めていいものなのよ」

「えっ、そうだったんですか？」

「ええ。英語にするとみんな『Museum』だから、最近は『ミュージアム』と名乗る館も増加傾向にあるわね。ただ、国立博物館と国立美術館には明確な違いがあって、今は別々の独立行政法人になっているけど、ひと言でいえば、国立博物館は存命の作家の作品は展示していないという点ね」

　なるほど。博物館に展示される作品は、故人のものだけ。

　どんなに有名なアーティストの作品でも、存命中は、国立博物館に展示されることはないのだ。

「まぁ、展示室じゃなくて、企画でこういうエントランスに飾られることはあるんだけど」

　これもそのうち定義が変わるかもしれないけれど、と栗城さんは笑い、話を続けた。

「だから、さっき木村さんが提案した現代アート展は、当館が主催することはなく、基本的に国立美術館の仕事になるわね」

「じゃあ、恐竜展は……？」

「それは自然史系なので、東京の上野にある国立科学博物館の仕事ね。ちなみに、あなたが提案した『古代エジプト展』は、ミイラなどの人類史に着目すれば科博だけど、エジプト文化に着目すれば国立博物館と国立美術館のどちらでもあり得る。一九六五年に東京国立博物館で開催された『ツタンカーメン展』は一二九万人の入館者があって、いまだに一九七四年のモナリザ展の一五一万人に次ぐ第二位の入館者数を記録している。あっ、そういえば、この京博でも、一九八八年に『大エジプト展』をやったことがあって、これも好評だったという話だわ。こういうと、どこに何が展示されるかなんて曖昧よねぇ」

私は、大学の授業で国立博物館・美術館は、大きく三つの独立行政法人が運営していると習ったのを思い出した。

そのことを伝えると、そうね、と栗城さんは答える。

「そもそも、一八七二年に現在の東京国立博物館が創設された当時は、美術館も科学博物館もなくて、その後に分離していったわけだから、今後も分離や統合があってもおかしくはないと思っている」

一九五二年に国立美術館——現在の東京国立近代美術館が創設された際には、文部省美術展覧会（文展）が開設された一九〇七年以降の作品を、国立博物館から国立美術館に移管したと言われている。今でも大体そのあたりが、所蔵作品の境目になっているという。

「でも、海外のミュージアムに行って『日本美術展示』を観ると、古美術と現代美術を並べて展示したりしているし、あまり官僚的に『博物館のテリトリーはここまで、美術館はここまで』と縦割で考えるのはどうかと思うけどね」

栗城さんの話は、まさに日本の博物館政策の課題でもあった。

大学で聴いた授業よりもリアルで深みがあり、もっと色々聞いてみたい、と思わず前のめりでいると、

「歩き疲れたわね。ちょっと座ろうか」

栗城さんは窓の前のベンチに座った。私も会釈をして、隣に腰を下ろす。

「実は、すごく嬉しかったの」

栗城さんが明るい口調で言ったので、えっ、と私は訊き返す。

「予想はしていたけど、今回のインターン、応募総数は本当に多かった。でも応募者のほとんどが博物館学そのものではなくて、絵画や彫刻等の専門分野を専攻している学生ばかりで……少し残念に思っていて」

まぁ、仕方ないんだけどね、と栗城さんは囁く。

「そんな中、真城さんのような展示経験者が、『マネージメント』に応募をしてくれて、よっ

しゃ、って感じで」

「そんなに『マネージメント』、少なかったんですか？」

「実は、あなたを入れて二人しかいなかった」

ふたり？　と私の声が裏返る。

「もう一人の方は、応募理由がぼんやりしているというか、曖昧でね。だから真城さんは割とすぐに決まったのよ」

ここまで戦略勝ちだとは思わなかった。頭の中にホームズさんの得意顔が浮かぶ。

「あの、今年はどうして、インターンを？」

「文化庁が京都にやってきたことで、京都府から各美術館・博物館に『若手の学芸員の育成に力を入れるように』というお達しがあってね、それでインターンの募集をすることになったわけ」

そういうことだったんだ、と私は相槌をうつ。

「本当はもっとたくさん採用したかったんだけど、いかんせん研究員が忙しくて、結局、三名しか採用できなくて……」

「やっぱり、人手不足なんですね？」

「そうなのよねぇ。実のところ、学芸員の資格を持つ優秀な人は全国にたくさんいる。だけど働き口がない。それは美術館や博物館の経営が厳しいから。能力を持て余している人たちが山ほどいるなかで、私のように、ミュージアムの仕事に従事できている者は幸運だと思っている。……あれ、どうかした？」

思わず俯いた私に、栗城さんが心配そうに訊ねる。

「私は、とても幸運に恵まれているんです。京博のインターンになれたのも、適切なアドバイスをくれる人が側にいてくれたおかげで……」

「いいことじゃない」

はい、と私は目を伏せたまま答える。

「ですが、運だけが良くて、知識や実力が伴っていないことに、後ろめたさを感じていまして」

苦々しい気持ちで言うと、栗城さんは笑った。

「どんなに後ろめたくても、恵まれてる者はチャンスをふいにしちゃだめよ。運も実力のうちとはよく言ったもので、そもそも運をつかめる人って、小さなチャンスも見逃さずにキャッチして、行動に移せる人なのよね。それは強みでもある。この『行動に移す』って、なかなかできない人が多いのよ」

思えば以前の私は、頭の中であれこれ思うだけで、行動に移せなかった。『蔵』でバイトを始めてから、私は変わったのだ。

「そして、チャンスに恵まれた者は、その分、努力しなくてはならない。私も自分は幸運に恵まれていると思っているからこそ、がんばらなくてはと思っているの」

それは、私も強く思っていた。

ここに来られなかった人の分まで、必死になって、がんばるつもりだ。

あとね、と彼女が続ける。

「幸運に恵まれた者は、『与えられる存在』になることを目指さなくてはならない。与えるのは、知識だけではなくて経験やチャンスもそう。人は夢を叶えられたなら、今度は他の人の夢を叶えるお手伝いをするべきなのよ」

その言葉は、深く私の胸に刻まれた。

そうは言ってみたけどねぇ、と栗城さんが肩を落とした。

「日本の博物館の現実は、なかなか厳しいのよね。博物館も最近は非常勤化が進んでしまっていてね。もし就職できても、非常勤や任期付職員だと労働者派遣法等のルールで長くは勤務できない。常に次の職場を探さなければ、という不安がつきまとってしまうわけで……」

そうしたら安心して仕事に従事できないわよね、と栗城さんはため息をついた。

「需要があって雇用が生まれても、給料が安くてはどうしようもない。学芸員という専門職員の待遇の改善が必須だと思ってる」

その口ぶりから、学芸員の給料は高くないだろうことが窺えた。

思った以上に、現状は厳しいようだ。

「人材については、そうした学芸員の雇用確保、待遇改善、さらには専門性の向上が、マネージメントの核となります」

私の喉が、ごくりと鳴った。

そう、『ミュージアム・マネージメント』とは、博物館経営。優秀な人が多く採用され、のびのび働けるかは、『マネージメント』にかかっている。

分かっているつもりではいたが、栗城さんの強い言葉を受けて、すとんと腹に落ちた気がした。

同時に自然と私の肩に力が入る。

「そんなに気負わなくても大丈夫。これから約三週間、この京博でしっかり学んでね」

はい、と私は深く御辞儀した。

「――そうですか。副館長自ら指導員を務めてくださるなんて、葵さんは本当に持ってますねぇ」

無事、初日を終え、私は報告がてら骨董品店『蔵』に顔を出していた。

「持ってるって、そんな……」

私が身を縮めると、いえいえ、とホームズさんは首を横に振る。

「僕は常々、葵さんは引きの強い方だと感じていましたし」

引きが強いとは思っていなかったが、自分は常々、幸運だと感じている。いつからなのか、と考えると、やはり『蔵』に来てからだ。ここに来て、少しずつ自分に自信がつき、前向きになれた。それは、間違いなく……。

「ホームズさんのおかげです。ありがとうございます」

そう言うと、ホームズさんは小さく笑う。

「……僕は、葵さんのそういうところだと思いますよ」

「そういうところって?」

3

私が問い返すも、ホームズさんは微笑んで話題を変えた。

「ところで、初日はどうでしたか？」

「興味深いお話をたくさん聞くことができました。博物館における『マネージメント』がどれだけ重要かも肌で感じることができて、引き締まった気持ちです」

「それは素晴らしいですね。今日はどんなスケジュールだったのでしょう？」

ええと、と私は天井を仰ぐ。

「今日は、午前中に辞令を受けまして、その後、京博全般の概要説明を聞いて終わってしまった感じです」

昼休みはインターンの絵理さん、瀬川さん、そして総務課の職員と一緒に、館内の前田《まえだ》珈琲《コーヒー》が運営するカフェでランチをとった。

「なんと、館内のそのカフェ、職員は割引価格で利用できるんですよ。インターンの私たちも割引してもらえたんです」

ちなみに、と私は続ける。

「来館者が多くなる期間中は職員の利用は遠慮しよう、逆にお客様が少なくなる期間中はどんどん利用していこう、という暗黙のルールみたいなのがあるそうです」

へぇ、とホームズさんは愉しげに相槌をうつ。

「で、葵さんは、ランチ、何を食べたんですか？」

「ナポリタンが名物と聞いて頼んだんですよ。とっても美味しかったんですが、ソースがブラウスに飛び散らないよう食べるのが大変でした」

ホームズさんは、くっくと肩を震わせる。

「ランチの時に同じインターンの絵理さんや瀬川さんとも色々話せて良かったです。趣味の話を伺ったんですが、絵理さんは絵を描かれているそうで、休日はあちこちにスケッチに行っていると話していました。動物の絵を描くのが好きで、動物園にもよく訪れているとか。もう一人の瀬川さんは、ちょっと面白い方で……」

そう言うと、それまで穏やかに聞いていたホームズさんの目が光る。

「……面白いと言いますと？」

「瀬川さんのお住まいは西陣《にしじん》で、ご実家は染め物屋さんだそうです。で、工織では繊維学域を専攻していると話していました。そのこととはまったく関係ないんですが、彼は、宇宙人と交信するのが夢だそうで」

宇宙人と交信？　とホームズさんが訊き返す。

「はい。毎朝、日の出の時間に船岡山《ふなおかやま》の山頂へ行って、雨乞いならぬ、交信乞いの儀式をしているそうです。その後、地域のおじいちゃん、おばあちゃんとラジオ体操をするのが習慣だとか」

ちなみに、と私は続ける。

「まだ、一度も交信に成功したことはないそうです」

そう言うと、ホームズさんは、ぶはっ、と噴き出す。

「それは本当に面白い方ですね」

「ですよね。でも私、不思議に思って、『どうして、夜じゃなく朝に行くんですか？』と訊いたんです。そうしたら『夜に見る未確認飛行物体と思われるものは、大体が飛行機や人工衛星やねん。明るい空で目視してこそ、本物なんや』って言ってました」

なるほど、とホームズさんは相槌をうつ。

「ホームズさんは、そういうの信じますか？」

「この広い宇宙に他の生命体はいると思っていますが、今の自分に必要がない限り、関わることはないと思っています。幽霊も然りですね」

「そういえば、幽霊の時もそうでしたしね……」

ホームズさんは以前、お祓いを家業にしている賀茂澪人さんの仕事を請け負ったことで、初めて幽霊を目視した。その時は、『見る必要があった』ということなのだろう。

「そうそう、副館長の栗城さんが、『明治古都館』を案内してくれまして……」

おっ、とホームズさんが目を輝かせる。

「中に入れたんですか？　素晴らしかったでしょう」

はい、と私はうなずく。

「なにより、栗城さんが面白くて素敵な方だったので、一気に憧れの人になりました」

え、とホームズさんは動きを止めた。

「素敵な方……まぁ、ですが、その方は結婚なさっているんですよね？」

「どうでしょう？　栗城さん、指輪つけていなかったですし、独身かもしれません。ご本人は『若くない』と仰っていましたが、見た目は三十代半ばくらいで、とってもカッコイイ人なんです」

ホームズさんは目を大きく開いて、カッコイイ人……と洩らしている。

その時、ボーン、と柱時計が鳴った。

話し込んでいるうちに、二十時になっていた。

さて、とホームズさんはカウンターから出る。

「そろそろ、閉店作業をします」

「あっ、手伝いますよ」

「ありがとうございます。ですが葵さんも慣れないことにお疲れでしょう」

「いえいえ、大丈夫ですよ。ただ、インターンの間は京博の仕事に集中したいので、帰りにここに寄るのは、今日だけにしようと思います」

そう言うと、ホームズさんの動きが一瞬止まった。だが、すぐに微笑む。

「そうですね。でも、休みの日はデートしましょうね」

「はい、ぜひ」

そんな話をして、笑い合う。

ホームズさんが看板を店内に入れている間、私はカーテンを閉め、什器に布を掛けていく。その時、カウンターの上に置いていたスマホが、ブルルと震えた。

メールではなく着信であり、

「誰だろう」

私はスマホを手に取り、確認する。

画面には見覚えのない番号が表示されていた。

もしかしたら、京博の関係者かもしれない。

「――はい」

と、名乗らずに電話に出ると、

『葵？　お久しぶり。番号が変わっててごめんなさい、私、イーリンよ』

相手は、ジウ・イーリン（景一琳）だった。彼女は上海出身の実業家であり、世界屈指の大富豪、ジウ・ジーフェイ（景志飛）を父に持つお嬢様だ。

「わぁ、イーリンさん、お久しぶりです」

『突然、ごめんなさい。今、清貴さんは近くにいる？』

その言葉に微かな違和感を覚えた。イーリンは以前、ホームズさんのことを『ホームズくん』と呼んでいたのだ。いつの間にあらためたのだろう？

「あ、はい。いますよ。かわりますか？」

『ううん、側にいるなら一緒に聞いてほしいと思って』

私はスマホをカウンターに置き、ホームズさんにも聞こえるよう、スピーカーに切り替えた。

『あなた方は、知っていたの？』

私とホームズさんは、思わず顔を見合わせた。

「えっと、何をですか？」

『香港のエムプラスに……』

エムプラスは、『M＋』と書く。近年、香港の西九龍《クーロン》文化地区にオープンしたアジア最大級の現代アート美術館だ。絵画や彫刻といった美術品だけではなく、建築、デザイン、写真、映画やポップカルチャー、演劇、ダンスなども含めた『視覚芸術』全般を対象にしているのが特徴だった。

ミュージアムにプラスされているということで『M＋』ということだ。

オープンの際は、アートカルチャー界隈で大きな話題となった。

私がお世話になったサリー・バリモアをはじめ、世界各国で活躍するキュレーターが話題にしていたのが記憶に新しい。

本題に入る前に、イーリンが息を吸い込んだのが分かった。

『――円生、さんの絵が、展示されているの』

えっ、と私は目を瞬かせる。

私が何か言う前に、ホームズさんがスマホに向かって前のめりになった。

「それは本当ですか？　どういう経緯でそこに？」

『私も何も分かっていないの。新たな展示会のオープニングレセプションに来たら、そこに円生さんの絵が……』

オープニングレセプション――、美術館で、新たな展示会が一般に公開される前に関係者などが招かれるもので、いわば内覧会だ。

日本と香港の時差は、約一時間。今、向こうは十九時を過ぎたくらいだろう。

あの、と私は思わず訊ねる。

「本当に円生さんの絵なんですか？」

『実は作家の名前は出ていなくて』

どういうことですか？　と私たちは訊き返す。

『今回の展示会のコンセプトは、「equality《イクオリティ》」、つまりは「平等」。作家の名前を出さずに作品を展示し、別の場所で商談会が開かれて、買い手がついてから作家の名前が公開されるのよ』

たしかに、作品は作者の名前で売れることが多い。名の知れた作家の作品となれば、どんな作品でも「素晴らしい」と絶賛されることがある。

まっさらな気持ちで名前を伏せた作品に触れ、自分の感性で純粋に評価をするというのは、たしかに平等、興味深いコンセプトだ。

『名前は伏せていても、一目で分かった。これは、円生さんの絵よ』

と、イーリンは強い口調で言う。

「どんな絵でしょうか？」

『このレセプションパーティーでは、撮影が禁じられているから、写真は送れないのだけど……』

イーリンが絵を眺めてるのが伝わってくる。

どんな絵なのだろう？

私の胸が強く打ち鳴らす。

『──京都の絵よ』

どきん、と鼓動が跳ねて、一瞬呼吸を忘れた。

脳裏に、円生さんが描いたスケッチが浮かんだ。

彼は、どんな絵を完成させたのだろう？

あー、とイーリンさんは困ったような声を出す。

『あなた方は何も知らなかったのね。ここに、彼の絵が飾られているということは、何者かの手引き──サポートがあったのは間違いないはず』

そうでしょうね、とホームズさんが答える。

『私、父から彼を他の人に取られないよう、再三言われてきたのよ。にもかかわらず、これだから……本当に弱ったわ』

イーリンは、はぁ、と息をつき、

『突然、ごめんなさいね。またお会いしましょう』

そう言って彼女は電話を切った。

円生さんの絵が、香港の前衛的な美術館に展示されている。

喜ばしい気持ちと、まったく知らされていなかったことに対する一抹の寂しさ、そして、少しの胸騒ぎ。そんなものがマーブルのように入り混じる。

ホームズさんは、どんな気持ちなのだろう？

ふと思い、私は、隣に立つ彼に視線を送った。

彼は腕を組むようにし、右手の指先で顎を支えて、真剣な表情を浮かべている。

私の視線を感じたのか、彼はこちらを見て、そっと肩をすくめた。

「どうやら僕は、振られてしまったようですね」

「振られた……？」

「いえ、他愛もない話です」

と、ホームズさんは口角を上げる。

一見、いつものように微笑んでいるが、目は笑っていない。

――振られた。

ホームズさんは、反発しながらも画家としての円生さんの才能に惹かれ、彼の力になりたいと思ってきたのだ。

できることなら自分が彼を世界の舞台へ――という気持ちがあったのかもしれない。

ホームズさんは、気持ちを切り替えたかのように、閉店作業を再開した。

彼は一度店外に出て、ポストを確認している。

チラシやハガキ、封筒などを手に、店内に戻ってきた。

「ああ、そうだ、葵さん」

と、ホームズさんは何かを思い出したように言う。

しゃがみこんで、ランプのコンセントを外していた私は立ち上がった。

「僕はもう少し店での作業があるので残ります」

「あ、はい。分かりました。それじゃあ、私は帰ります」

「明日もインターン、がんばってくださいね」

お疲れ様でした、と私は会釈をして、店の外に出た。

カーテンの隙間からホームズさんの背中が見える。

後ろ姿なのでよく分からなかったが、白い封筒を手にしているようだった。

4

インターンでは、実にさまざまなことを体験させてもらっている。

「今日は真城さんには、看視スタッフの一員として、展示室で直接来館者と接してもらおうと思います」

と、栗城さんが人差し指を立てて言う。

とはいえ、今の私に看視スタッフが務まるわけもなく、展示室にいる看視スタッフの側でその仕事ぶりを見学させてもらうのだ。

「そうすることによって、京博に来館するお客様の年齢層や外国人の数、お客様の動線、展示内容や環境に対する反応等々を体感してもらいたいと思ってます」

受付や案内、看視等のスタッフは外部の会社に委託しているが、京博職員、とりわけ事務職員は、「執務室にこもってばかりではいけない」という栗城さんの指示で、初任者研修で看視業務等の見習いを行うようになったそうだ。

管理運営会社のミーティングは開館前の八時三十分から始まるということで、私もその時間の少し前に入構していた。

ミーティングでは、前日からの申し送り事項や、来館する来賓や団体客の数、館内の行事等の確認が行われる。

この展示室は人気でお客様が滞留しやすいので要注意、あの展示室ではこんな質問がよくある、などの情報を共有し、少しでも快適な観覧環境を確保している。

そうして、九時三十分。いよいよ開館だ。

私は、看視スタッフとともに展示室にいた。

看視は座って行うものだとばかり思っていたが、京博は『立哨《りっしょう》』という立ったままの状態で行う看視だった。一定の時間ごとにローテーションで移動するのだが、終日立ちっぱなしというのは、なかなかつらい。

しかし、来館者の様子を観察するのは、興味深かった。

京博のお客様は比較的高齢者層が多く、二割程度は外国人だという。だが、今は夏休み期間中ということで、家族連れや学生の姿も多く見受けられた。

順路が設けられているものの、お客様によっては自分の興味ある展示室だけを見たり、ふらふらと気の向くままに見学される方などさまざまだ。

「あの、すみません」

若い男性に声を掛けられて、はい、と私は顔を向ける。

『京もっと』メンバーの篠田康平さんだった。

私が驚いていると、彼はいたずらっぽく笑って、小声で言った。

「インターン、採用されたんだね。おめでとう」

ありがとうございます、と私は会釈をする。

「今年は夏休みはない感じ？」

はい、と私はうなずく。

「土日に旅行とかしないの？」

と、問われて、私は小声で答えた。

「はい、ここでのお仕事に尽力したいと思ってます」

スタッフが、知り合いと長話をするわけにはいかない。

そんな私の気持ちを察してくれたようで、

「あの、順路って必ず、その通りに回らなくてはならないんでしょうか？」

と、彼は一般のお客様のように訊ねた。

「あ、いいえ、あくまで『推奨』ですので、お好きなように観ていただけたら。逆行になる場合はぶつかったりしないよう、どうかお気をつけて、ご覧ください」

そう言うと篠田さんは、「様になってるね」と小声で言って、顔を上げた。

「そっか。順路が絶対じゃないんだ。ありがとう」

それじゃあ、と篠田さんは片手を上げて、展示物の方に向かっていく。

私はホッと息をついた。

思えば私も『順路』通りに歩かなくてはならないと思っていたくちだった。

楽しみ方も人それぞれで良いということだ。

館内を看視していると、時々グループで来館されるお客様が勢いで大きな声でお喋りしてしまっていることがある。

私が動き出す前に、看視スタッフが絶妙なタイミングで声をかけていた。

その様子を眺め、さすがプロだなあ、と私は感心した。

「──そうは言っても、時々逆ギレされることもあるから、注意する声のかけ方にも熟練の技が求められるのよねぇ」

休憩時間、栗城さんは、しみじみと洩らす。

今日はカフェではなく、副館長室の応接ソファで昼食をとっていた。

栗城さんはサンドイッチ、私の昼食は、昨日の残り物をランチボックスに詰めただけの簡単な弁当だ。

「ちなみに、京博には『三大クレーム』というのがあるの」

栗城さんは三本指を見せ、なんだと思う？　と、またクイズのように問いかけてきた。

「ええと、『値段が高い』『人が多い』『撮影させろ』ですか？」

そう答えると、栗城さんは、ぶっ、と噴き出した。

「いや、まぁ、それも言われているけど、京博で多いクレームは、『暗い』『寒い』『文字が小さい』なのよね」

私は納得して首を縦に振る。

『寒い』と『暗い』は、展示されている文化財を守るためだ。通常は温度二十五℃、湿度五十五%程度を基準に設定しているのと、日本美術は脆弱な材質のものが多いので、劣化や褪色を避けるためには照度を下げざるを得ないそうだ。

「三つ目の『文字が小さい』は、文化財への影響はないですよね？」

これはねぇ、と栗城さんが遠い目をした。

「展示デザインの問題。大きな文化財であれば、キャプション（文字解説）の文字を大きくしても問題ないんだけど、小さな文化財の場合、キャプションだけが大きいと展示デザイン上、バランスが悪いでしょう？　政府からの要請で、国立博物館は日本語、英語、中国語、韓国語の四言語表記を必須としているから、なおのこと文字の大きさは制限せざるを得ないわけ。とはいえ、展示環境としてはお客様が見えやすいものにしたいなぁ、とも思っているのよね。おそらく、多くの学芸員が陥っているジレンマだと思うわ」

と、彼女は息を吐くように言い、私を見た。

「それはそうと、看視スタッフをやってみた感想は？」

「お客様の様子を見ているのは、とても興味深いです。一人一人楽しみ方が違うものであるのを実感しました」

うんうん、と彼女は相槌をうつ。

「楽しみ方はそれぞれでいいのよね。そうそう、足は大丈夫？　立ちっぱなしで疲れたでしょう？」

「疲れましたけど、バイト先でも立っていることが多いので、思ったよりも大丈夫でした。でも、同じ場所にずっと立っているのはしんどいですね。ローテーションで移動できる時は、助かったと思ってしまいました」

でしょう、と栗城さんはいたずらっぽく笑う。

「ミュージアムによっては椅子に座ってるところもあるんだけど、あれは危険だからやめたのよ」

「人が多い時、邪魔になるからですか？」

「繁忙期はそもそも座ってられないんだけど、人が少ない時に静かで薄暗い場所で、椅子に座って人の流れを眺めてたら、どうなるか想像つくでしょう？」

あっ、と私は苦笑する。

「眠くなってしまいますね……」

「そうなの。気が付くと船乗りよ。立っている方がありがたいのよ」

船乗りというのは、舟を漕いでしまうという意のようだ。

「真城さんがさっき言っていた『撮影させろ』だけど、そういう意見は、多く寄せられているの。まぁ、もっともなのよね。カメラのフラッシュで美術品が傷まないことが近年の研究で分かったし、撮影ＯＫのミュージアムもたくさんある」

ニューヨークのメトロポリタン美術館は、撮影ＯＫだった。

東京国立博物館（トーハク）も、撮影できる場所が多くある。

「京博は、日本で一番寄託《きたく》品が多い博物館なの。館蔵品が八千件強あるのに比べ、寄託品が約六千五百件。寄託品に対する考えは所有者ごとに違っていて、『撮影ＯＫ』って人もいれば、『撮影なんてとんでもない』ってところもある」

特に、と彼女は続けた。

「寺社では、仏像などを面白おかしくトリミングされたり、悪用されたりしては困るから、撮影不可のところが多いわね。個人所有であっても、大事なお品を変に活用してほしくないという思いがあると思うわ」

たしかに、信仰の対象となれば、慎重になるだろう。

「展示室で一点一点撮影可、撮影不可と表示するという手もあるけど、混乱を招きかねないし、トラブルの因《もと》にもなる。シャッター音がうるさいというお客様もいるしね。だから今のところ一律撮影NGとさせていただいているわけ」

そうだったんだ、と私は納得した。

「とはいえ、寄託者としっかり話し合って、『撮影OK』の展示というのも今後やっていきたいとは思ってる。まっ、こういうのも『マネージメント』の仕事ってわけ」

私は、ポケットから手帳を取り出して、栗城さんの言葉を書き込んでいく。

「そうそう、『明治古都館』なんだけど、有料で貸し出しもしていると話したじゃない？」

私は黙って首を縦に振る。

『明治古都館』の免震改修や修理が終わり、再開館するまでには十年くらいかかってしまうそうだ。当面は、随時イベント等への貸し出しなど、ユニークベニューのような活用を図っているとのこと。

「最近は、国立といえども、国からの予算が削減されているし、自己収入を増やすことが求められているのよ。で、こうした場所貸しによる収入は貴重なのよね」

ちなみに、と栗城さんは、私を見据えた。

「あなたが、京博の『明治古都館』の場所貸しを営業するとしたら、どんなところがいいかしら」

試されているように感じて、私は居住まいを正す。

「まず、国内ではなく、海外に営業をかけようと思います」

「それはなぜ？」

「『明治古都館』のレンタル代は、海外の企業にしたら格安に感じてもらえると思うんです」

悲しいけれど、今は日本と外国の間で、物価の差が広がっている。

日本の企業は予算を削る傾向にあるが、他の先進国はそうではない。『明治古都館』のレンタル代は、外国から見れば、おそらくリーズナブルだろう。

「妄想ですけど、ハリウッド映画やネットドラマの配信会社に撮影場所として使用してもらえたらと思うんですよね。あの『エジプト風広間』が話題の海外映画やドラマに登場したら、世界中の人たちの注目を集めることができます。そうしたら、その後の営業もしやすいと思いますし」

「たしかにね。あのホール、日本のドラマのロケに使用されることはあるんだけど、海外の映画やドラマではまだ使われたことがないし、実現したら素敵ね」

そう言った後、栗城さんは興味深そうに私を見た。

「エジプト展もそうだけど、真城さんって、しっかり収益になりそうな企画を出してくるのよね。少し驚いた。学生ってそういうのを度外視する人が多いから」

私は、そんな、とはにかんだ。

「まぁ、時に収益を度外視して考えるのも必要なんだけどね、『マネージメント』として考えるなら、真城さんの利益を結び付けられる考え方は強みだと思う」

「ありがとうございます。それは、か……師匠の影響が大きいと思います」

彼氏と言おうとして、師匠に変えた。

『蔵』でバイトするようになってから、私はホームズさんに『商いの心得』のようなものを叩きこまれた気がする。

学校のテスト勉強を見てくれている時も、

『――あかん。試験前の今は、苦手克服よりもいかに点数を落とさず、かつ点数を確実に稼げるか計算に入れな。試験も商いも一緒やで。この市（紙）場で、いかに確実に儲けを出すかや！』

こんなふうに勉強だけではなく、商いの心得も教えてくれていたのだ。

また、海外に営業をというアイデアは以前、香港のお嬢様、梓沙《あずさ》さんと関わったことで生まれたものだ。

人は、多くの人と関わることで、視野が広がっていくのだろう。

「師匠って、サリー・バリモア？　私も会ったことがあるけどピリッとした人よねぇ」

「あっ、ええと、サリーも師匠なんですが、私、高校の頃から『蔵』という骨董品店でバイトをしていて」

「家頭誠司《せいじ》さんところの？」

はい、と私は驚きながら答える。

「ご存じでしたか？」

「当館で文化財を購入する際には、古美術商等に買取価格を提示していただく委員会を設けているので、誠司さんとはそこで……」

まさか、オーナーが京博ともつながっているとは思わなかった。

「そっか、真城さんは、誠司さんのところでバイトをしていたのねぇ」

栗城さんは、そうだ、となにかを思い出したように手を打った。

「ちょうど、あなたのインターン期間中に『エジプト風広間』で、ピアノリサイタルがあるの。貸し出しているだけだから、基本的には作業を手伝ったりはしないんだけど、呼び出されて質問を受けることはあるのよね」

私は少し前のめりになった。

「ピアノリサイタルなんて素敵ですね。クラシックですか？」

「ジャズですって。ニューヨークで活躍するピアニスト。まだ若くて、三十くらいだとか。

名前は……」

栗城さんは、振り返ってデスクの上に手を伸ばし、チラシを取る。

「黒木塔子《くろきとうこ》さん」

そう言ってテーブルの上にチラシを置いた。

チラシには、黒いイブニングドレスを着た女性の写真が載っている。髪は長くストレートのワンレングス。線が細く、それでいて存在感があって美しかった。

「素敵な人……」

と私が洩らすと、栗城さんも、ほんとに、とうなずく。

「『エジプト風広間』にピッタリよね。もし興味があったら、当日のスタッフもできるわよ」

「ぜひ、お願いしたいです。そしてこのチラシ、もらってもいいですか？」

「もちろん」

ありがとうございます、と私はチラシを手に取った。


――終業後。

私は再び、『蔵』へと向かっていた。

インターン期間中は、京博に集中するため、『蔵』には立ち寄らないつもりでいたのだが、今日はピアノリサイタルの話をホームズさんに伝えたいと思ったのだ。

「まだ、席があるみたいだし、ホームズさんも興味を持ちそう」

そう思い、弾んだ足取りで『蔵』に入ると、カウンターには、店長と利休くんの姿があった。

利休くんは、あれ、と不思議そうに私を見る。

「清兄、しばらく留守にするって言ってたけど……」

続いて店長が私を見て、心配そうにオロオロと目を泳がせた。

「もしかして、葵さんは、何も聞いてなかったですか?」

「あ、はい。でも……」

と、先日の彼の姿を思い起こした。

封筒を手に立ち尽くしていたホームズさんの後ろ姿を――。

あれはきっと……。

「どこに行ったのかは、見当がついています」

私に言いたくなかった、その理由も分かっている。

すると利休くんが、面白くなさそうに口を尖らせた。

「それはそうとさ、葵さん」

「えっ？」

「京博のインターン、実は僕も応募したんだよね。どうして葵さんが採用されて、僕が不採用なんだろ。正直、納得いかない」

それは初耳だった。

「利休くんは、なんの分野に応募を？」

「陶磁だよ」

と、利休くんは鼻息荒く言う。

「あ、そうだったんだ……」

「えっ、なにその、哀れみの目！」

「ううん、そんなつもりは……。あっ、私、ホームズさんに連絡してみるね」

「うん、そうしなよ」

ありがとう、と私は微笑んで、そのまま帰ろうとした。

「もう、帰るの？　紅茶くらい淹《い》れるけど。京博の話も聞きたいしさ」

利休くんの淹れる紅茶はとても美味しい。

「それじゃあ、せっかくだから」

「いい茶葉を仕入れたんだよねぇ。『シャンパンパーティー』といって、ダージリンにローズやマリーゴールドが入っていて、とても華やかな味わいなんだ」

と、利休くんは鼻歌交じりに給湯室へ入っていく。

私は、なんとなく窓の外を眺め、ぽつりと洩らす。

「ホームズさんはきっと、香港へ行ったんだろうな」

胸は騒がなかった。むしろ、良かったと思っていた。ホームズさんが黙って行った以上、私は気付かない振りをした方が良いのかもしれない。

うん、そうしよう、と思っていると、利休くんがトレイを持って給湯室からやってくる。

利休くんはカウンターの上にティーコージーを被せたティーポットとカップ&ソーサー、そして砂時計を並べて、人差し指を立てた。

「三分間だよ。砂時計の砂が、全部落ちるまで待ってね」

はーい、と私は答えて、利休くんを見上げた。

「そうそう、私も土日なら『蔵』を手伝えるから、用事がある場合は言ってね」

あれ？　と利休くんは目を瞬かせる。

「京博って、月曜日が休みじゃない？」

「私もそう思っていたんだけど、土日が休みだったんだよね」

当然ながら土日も館は開いているので、何かあった時のために職員は当番制で出勤することになっている。来館者が展示室で目にする受付や案内、看視等のスタッフはやはり外注しており、毎日日誌を館に提出し、来館者から問い合わせや事故等があった場合には、すぐに京博の職員に連絡する体制になっていた。

もちろん、土日でもイベントや講演会等が行われたり、出張したりすることもあるので、その場合は休日出勤として平日に代休を取ることになるそうだ。

そんなわけで、インターンの休日も土日だ。だが、土日こそ賑わっているので、期間中は勉強を兼ねて、休日も京博を覗きに行こうと思っていた。

その帰りに『蔵』へ行くこともできる。

「まー、いいよ。今葵さんはインターンに集中するべきだよ。休日に、しっかり体を休めるのも仕事のうちだからね」

もっともなことを言う利休くんに、私は身を縮ませながら、はい、と答える。

「『蔵』のことは、僕がいるから、まったく気にしなくていいからねぇ」

と、利休くんはいたずらっぽく笑って言う。

私は、ありがとう、とはにかんで砂時計を確認し、ポットの紅茶をゆっくりカップに注いだ。

5

関西国際空港（関空）から香港国際空港までのフライト時間は、約四時間。

昼に出発したら、夕方には到着している。

香港国際空港はアジアのハブ空港として、トップクラスの地位を確立しているそうだ。

年間約五千万人が利用し、ヨーロッパやアメリカへ行く時の経由地としてもよく使われているという。

空港は広く開放的で、店舗が多く入っている。

「俺の世代は『香港』っていうと、もっとこうゴチャゴチャしたイメージだったんだけど、随分スッキリして綺麗なんだなぁ」

小松勝也は、香港国際空港を見回しながら、しみじみと言う。

隣で、すらりとした長身の美青年――家頭清貴が、ええ、とうなずいた。

「『世界のベストエアポート』にも何度か選ばれているそうですよ」

へぇ、と小松は洩らした後、ふと立ち止まり、足元を見た。

清貴が、不思議そうに振り返る。

「どうされました？」

悪い、と小松は苦笑する。

「急に自分が今、香港に来ているのが不思議な気持ちになって……」

それは、先日の夜のこと。事務所で副業のプログラミングの仕事をし、なんとか納品して一息ついていると、突然、清貴から電話がかかってきたのだ。

『――今しがた、イーリンから聞いたんですが、香港の美術館に円生の絵が飾られているそうなんです。小松さん、何か聞いてませんか？』

もちろん、何も聞いていない。

その旨を伝えると、電話の向こうで清貴が小さく息をついた。

『では、封書は届いていませんでしたか？』

そう問われて、すぐにポストを確認に行ったが、何も入っていなかった。

『実は、僕のところに、円生から手紙が届いたんです』

手紙？　と問うと、はい、と清貴は答える。

『和歌がしたためられていました』

和歌ぁ？　と自分の声が裏返った。

円生と和歌が結びつかないからだ。聞くと、円生はこれまで清貴に何度か和歌を贈っているという。それは一体どういうことだよ、と若干引いたが、おそらく清貴に合わせてのことなのだろう。

恐ろしく美しい字なのも苛立ちをかき立てられるんです、と清貴は話す。

どんな和歌なのか訊くと、清貴は囁くように答えた。

『別れをば　山の桜にまかせてむ　留む留めじは　花のまにまに』

わけがわからず、小松は、はぁ、と相槌をうつ。

すると清貴は、その和歌の意味を説明してくれて、こう続けた。

『今回の件、傍観するつもりでいましたが、仕方ありません。香港に行って、確かめてこようと思います』

その言葉を聞くなり、俺も行く！　と小松は声を上げていた。


——そうして、今に至る。

関空で待ち合わせると、やってきたのは清貴一人だけ。葵の姿はなかった。

「てっきり、嬢ちゃんも一緒かと思ったよ」

そう言うと、清貴は首を横に振った。

「葵さんは今、京博のインターンとしてがんばっていますので」

「そっか、そりゃ、がんばり時だな」

「そうなんです。副館長がカッコイイ人というのは気になるところですが……まぁ、インターンに手を出さないでしょうし、期間中は大丈夫でしょう」

そうか……、と小松の顔が引きつった。

「それより、最初にどこに行けばいいんだ？　美術館か？」

小松が問うと、清貴は歩きながら、いえ、と答える。

「まずは、イーリンの話を聞きたいと思っています。今日、一緒に夕食をとる約束をしているんですよ」

「あっ、おい、ちょっと待ってくれよ」

小松は、足早に歩く清貴の背中を急いで追った。

6

「なんていうか、レベルが高すぎて、ちょっと圧倒され気味」

今日の休憩は、同じインターンの木村絵理さん、瀬川航岸さんと一緒だった。

館内の休憩室でお弁当を食べながら、絵理さんは、はぁ、と息をつく。

「秋山さんのことですか?」

と、私が訊ねると、そう、と絵理さんはうなずいた。

少し離れたところで指導員である栗城さん、秋山さん、林田さんが談笑している。

そのため、私たちは声も抑え気味に話していた。

「京博の研究員さんは、やっぱりすごいわよねぇ」

しみじみと言った絵理さんに、分かります、と私は強く相槌をうった。

「栗城さんも本当にすごい人で……」

そら、副館長さんやし、と瀬川さんは笑う。

「そうなんです。とても分かりやすくかいつまんで説明してくれているから、なんとかついていけているんですけど、彼女が少しでもアクセルを踏んだら、私はたちまち置いてきぼりになるんですよ」

「あ、俺もそんな感じや」

私と瀬川さんの話を聞いて、絵理さんは、ふふっ、と笑って話を続ける。

「私、ずっと『歴史は暗記だ』って言われて勉強してきたの。大学では教授に『史学とは歴史の考察だ』って教わって……私は、その言葉を分かったつもりになっていたんだけど、それでも『歴史は覚えることが大事』だと思ってきて」

もちろん、それは大事なことなんですけど、と彼女は続ける。

「でも、ここに来て、『史学』とは、過去に起こった出来事を考察——深掘りしていくものなんだって。それによって未来のことも予測していける、そんな尊い学問なんだって、ようやく納得できた気がするの」

人の歴史は繰り返される。過去を知るのは、未来への展望となるのだろう。

私が黙って聞き入っていると、それはそうと、と絵理さんが思い出したように私を見た。

「この前、真城さん、館内で素敵な男性と話してたの見ちゃった。彼氏？」

誰のことだろう、と私は眉間に皺を寄せる。

ホームズさんは、インターンがスタートしてからこの京博に来ていないのだ。

私が戸惑っているのを見て、絵理さんは付け加える。

「展示室で話していたのを見たんだけど」

私は、ああ、と洩らす。

「あの方は篠田さんといって、彼氏ではなく同じサークルの仲間なんです」

「それじゃあ、彼も府大生なんだ？」

「いえ、大学は違うんですよ。元々関東で、院から京都に来たそうです」

真城さんは相槌をうつ。

「爽やかなイケメンだから、ちょっと注目しちゃった。わざわざ訪ねてくるなんて、真城さんのことが好きっぽいね」

「いえいえ、私に彼氏がいることを知っていますし、そもそも篠田さんは私のことは別に好きじゃないと思うんですよ」

へっ、と瀬川さんが不思議そうに私を見た。

「どうしてそう思うんや？」

これは、言葉にしにくい。

たしかに篠田さんは、サークルで一緒になった時はしきりに話しかけてきたり、『蔵』や京博を訪ねてきたりと、私が思わず勘違いしてしまいそうな言動を取る。

だけど、その目を見ていると、私に好意を持っているわけではないのが伝わるのだ。

話をしていても、まるで聞き取り調査をされている気分になる。

他に目的があって、私に近付いている――そんな気すらしていた。

とはいえ、私に近付いたところで、たいしたメリットはないのだろうけど……。

返答に困った私は曖昧な笑みを返して、話題を変えた。

「あの、絵理さんって、絵を描いてるって言ってましたけど、『絵画』を選択しようとは思わなかったんですか？」

するど絵理さんは弱ったようにはにかんで、髪を耳に掛ける。

「絵は本当に趣味だから……でも、実は今、動物を描くのが好きな仲間たちでグループ展を開いているんです」

こんな感じで、と彼女はハガキを出した。

会場の確認をすると五条通と七条通の中間あたり。ここから歩いて行ける距離だ。

へぇ、と瀬川さんが感心したように言う。

「展示会なんてすごいやん」

「といっても、友人の作品がメインで、私は三枚ほど展示させてもらっているだけなんだけど。近いから、もし良かったら覗いてみてね」

あっ、入場無料だし、押し売りもないから安心してね、と絵理さんは付け加える。

「友達は、プロの画家さんなん？」

瀬川さんの問いに、絵理さんは、うーん、と唸る。

「今は美大生。でも、積極的に個展を開いているし、絵も売れたことがあるからプロになるのかな？」

そうそう、と絵理さんは、ハガキをひっくり返す。

空に水色の象が浮かび上がっている絵が印刷されていた。

「この絵は、彼女の作品なの。優しい雰囲気でしょう？」

「わぁ、素敵。好きな雰囲気です。ギャラリー近いですし、帰りに行ってみようかな」

「あっ、それじゃあ、私も一緒に」

「二人が行くんやったら、俺も行く」

と、瀬川さんが手を挙げる。

ありがとう、と絵理さんははにかんだ。

「友達──育美《いくみ》っていうんですが、最近、落ち込んでいたから喜ぶと思います」

「落ち込んでるって、なんで？」

「来場者が少ないんでしょうか？」

私たちが訊ねると、絵理さんは苦々しい表情を浮かべる。

「ううん、熱心なファンがいるんだけど、ちょっと要求が強くなっているみたいで」

要求？　と訊き返した時、栗城さんがやってきて、私たちの前に立った。

「そのギャラリー、私も一緒に行こうかしら」

いつの間にか声が大きくなっていて、栗城さんにも会話が聞こえたようだ。

絵理さんは、目を真ん丸にさせて、立ち上がった。

「えっ、そんな、いいんですか？」

「ええ、近くなんでしょう？　若いアーティストの作品に触れてみたくて」

そう言って栗城さんは、にっこりと笑った。

7

香港国際空港を出た清貴と小松はとりあえず、タクシーで九龍《クーロン》——香港の中心部へと向かう。

これからイーリンと会う予定だ。清貴によれば、彼女とは、九龍のホテルで待ち合わせしているという。

ホテルの入口にタクシーが停まると、すぐにスタッフが出迎えて、最上階へと案内してくれた。

「あんちゃんと行動していると、価値観がバグるよ」

上昇していくエレベータの中で、小松は独り言のように洩らす。

エレベータはガラス張りであり、香港の街並みを見下ろせた。

今は夕暮れ時であり、ビル群が橙色《だいだいいろ》に光っている。

所狭しと掲げられた看板には、既にネオンが灯り出していた。

雑然としているのに美しく、目新しいのに、どこか懐かしい不思議な光景だ。

チンッ、という音とともにエレベータの扉が開く。

若い女性が、わぁ、と声を上げて、駆け寄ってきた。

イーリンかと思えば、そうではなかった。

顎のラインに切り揃えた髪、卵型の小さな顔、気の強そうな目が印象的な若い女性だ。

タンクトップにジーンズと、シンプルな出で立ちだが、手首には高級腕時計と高価なアクセサリーがついている。

彼女の名前は、周梓萱《チョウ・ズシュエン》。香港を拠点に世界中に事業を展開している華亜《ファーヤー》コーポレーション代表・周浩宇《チョウ・ハオユー》の一人娘。

つまりは、彼女もイーリンと同様、大金持ちのお嬢様だ。

母親が日本人で、日本名は梓沙。日本語も堪能だ。

「清貴、久しぶりっ」

彼女はそう言って、清貴に抱き着いた。

小松はギョッとしたが、清貴はにこりと微笑んで彼女を見下ろす。

「お久しぶりです。なんだか意外ですね、あなたは僕を嫌っているとばかり」

「あの時は腹が立って仕方がなかったけど、時間が経ったら、あなたの全っ然優しくなかったけど、完璧だったガイドが恋しくなって」

以前、彼女が京都に遊びにきた際、小松探偵事務所――というより清貴が、京都案内を担っていた。

彼女のすぐ後ろには、付き人であり恋人でもある君島英司《きみしまえいじ》がいた。こちらを見て、ぺこりと頭を下げている。清貴と小松も会釈を返した。

「ねっ、葵はどこ？」

梓沙は、目を輝かせながら周囲を見回す。

「彼女は来ていませんよ」

梓沙は、そう、と露骨に顔をしかめ、清貴から離れた。

「……なんだ、わざわざ、こんなところまで来るんじゃなかったわ。先に清貴にハグしておけば、葵のやきもち顔が見られて、『やだ、ごめんなさい。ダーリンのぬくもりをお返しするわ』って、葵に遠慮なく抱き着けると思ったのに」

と、梓沙は、面白くなさそうにブツブツ洩らしている。

「ああ、そんな魂胆があったんですね。まぁ、もしここに葵さんがいても、あなたが抱き着く前に僕が阻止しましたが」

「相変わらず、性格悪い」

「あなたに言われたくは……」

清貴と梓沙が、微笑みの応酬をしていると、イーリンが姿を現わした。

「来てくれてありがとう、清貴さん、小松さん」

いえいえ、と清貴は首を横に振る。

「僕が勝手に来ただけですよ」

本当に、と小松も同意した。

「とりあえず、食事でもしながら話しましょう」

と、イーリンが奥の部屋へと案内してくれた。

「――私も調べたんだけど、円生さんのエージェントが誰なのか、まったく分からなかったの」

イーリンはそう言って肩を落としながら、白ワインを口に運んだ。

清貴、小松、イーリン、梓沙、君島が円形のテーブルを囲んでいた。

テーブルの上には、鴨胸肉のロティ、鮑と海老の蝦米醤《シャーミージャン》炒め、点心といったフレンチ・チャイニーズ――その名の通り、フレンチと中華が融合した、なにやら小洒落たメニューが並んでいる。

大衆中華で良かったんだけどな……、と小松はぼやきながら、鮑と海老の蝦米醤を口に運び、美味っ、と声を洩らした。

イーリンの話を聞いて、梓沙が意外そうにぱちりと目を開く。

「あなたが調べて分からないなんて、そんなことがあるの？」

「今回の企画が匿名性を大事にしているからこそね。商談が成立するまで、アーティストの正体をなんとしても悟らせたくないようで、エージェントの名前すら伏せられている。その徹底ぶりには驚いたわ」

二人の話を聞きながら、清貴は、ふむ、と腕を組む。

「商談の成立……つまり、絵の購入者が決定したら、皆に明かされるわけですね」

「そう。もちろん、あの絵は私が買うつもりよ」

「商談って、オークションではないの？」

と、梓沙が問う。

「ええ、オークションではなくて、購入希望者側の条件を作家側が承諾したら、交渉成立ってわけ。うんと高いお金を出してきても、売りたくない人には売らずに済むみたいで」

つまりは入札制か、と小松はビールを飲む。

ちなみに、と清貴は、イーリンを見た。

「エージェントの予想はついていますか？」

清貴の問いに、イーリンは眉間に皺を寄せた。

「……いくらでも思いつく一方で、まったく分からなくもある。父が円生さんを気に入っているのは、周知の事実。彼を懐に入れたいと思う者は多いわ。けど、円生さん自身が、気に入るとは思えない」

それは小松も同感だった。

円生を取り込みたい人間は多いだろうが、円生がそれを受け入れるとは思えない。

一体、どんな口説き文句を使ったのだろう？

「そもそも、その匿名の作品、円生って人が描いた絵で間違いないわけ？」

梓沙の問いに、イーリンは眉間に皺を寄せた。

「間違いない……と思う」

「思うって」

「だって私はプロじゃないもの、断言はできないわ。だから、清貴さんに来てもらって良かったと思っているの」

「清貴なら見極められるわけ？」

と、梓沙は試すような視線を清貴に送る。

「ええ、任せてください」

自信に満ちた清貴の言葉に、梓沙も圧倒されたようだ。

「明日、『M＋』に案内しますね。そうそう、清貴さん、ホテルはどこなの？」

「ここから、歩いて十分ぐらいです」

「部屋なら、こちらで用意するつもりだったのに」

「今回は勝手に来たわけですから、お気遣いなく」

今回、清貴はホテルをイーリンに頼まず、自分で予約したようだ。

小松はホッとしたような、残念なような複雑な気持ちになりながら、点心を食べた。

「ねぇ、清貴。それなら、うちのホテルに来ない？　自慢のスイートルームを使わせてあげるわよ」

と、梓沙が両手を広げた。

「ありがとうございます。それは今度、葵さんと来た時に、お願いします」

「それもいいわね。というか、私が葵と泊まりたいっ。そして一緒にお風呂に入ったりしたい」

「ビクトリア・ハーバーに沈めますよ」

ふふっ、と清貴は笑いながら、赤ワインを口に運ぶ。

「ちょっと、悪質な冗談言わないでよ」

「あなたの方が悪質です」

「私のどこが悪質なのよ！」

そんな二人のやりとりを見て、イーリンは目を丸くしながら、小松を見る。

「この二人って、仲がいいの？　悪いの？」

「まぁ、どっちもじゃないかな」

と、小松は笑って答えた。

8

京博での就業は、十七時三十分まで。私、絵理さん、瀬川さん、栗城さんは、定時に退社し、十八時にはギャラリーの前にいた。

ハガキを見た時も近いと感じていたが、四人であれこれと話しながら歩いていると、アッという間に到着した。

真っ白い壁が印象的な建物だ。一見、カフェのように見える。

『どうぶつの絵展』という看板を見て、思わず私の頬が緩む。

扉を開けようとして、絵理さんは振り返った。

「あの、友人を驚かせたいので、栗城さんが京博の副館長さんだってこと、少しの間、黙っていてもいいですか？」

栗城さんは、分かったわ、と微笑んだ。

ギャラリーに足を踏み入れる。

絵理さんが言っていた通り、動物を描いた作品ばかりだ。

写実的に描いたもの、メルヘンを思わせるタッチ、はたまたキリンやシマウマの柄だけを描いたものもある。

私が興味深く眺めている横で、栗城さんも、ふむふむ、と愉しげだ。

「動物の絵の展示は、なかなか人気があるのよ。長沢芦雪《ながさわろせつ》の『菊花子犬図』や上田公長《うえだこうちょう》『犬の子図』とかね」

「トラりんも可愛い動物の絵……尾形光琳《おがたこうりん》の『竹虎図』がモチーフですもんね」

そうそう、と栗城さんは笑う。

トラりんとは、京博の公式キャラクターで、PR大使だ。

尾形光琳が描いた虎の絵、『竹虎図』がモチーフになっていて、正式名称は『虎形《こがた》琳《りん》ノ《の》丞《じょう》』、略して『トラりん』である。

絵理さんの絵は、透明水彩絵の具で描かれていた。

四頭の象がじゃれ合っていたり、虎がごろんと寝ていたりと、主に京都市動物園の動物を描いた作品だった。

「木村さんの優しくて真面目な人柄が絵に出ているわねぇ」

と、栗城さんがしみじみ言う。

私も同感だった。絵理さんの絵のタッチはとても優しく、丁寧だ。動物たちに真摯に向き合い、その姿をちゃんと描こうとしているのだ。

作品を見て回っていると、仕事帰りと思われる、スーツを着て眼鏡を掛けた男性が躊躇もせずにギャラリーに入ってきた。

展示を見るなり、あーっ、と額に手を当て、

「ちょっと、育美さん」

と、奥に向かって呼びかける。

はい、と奥から出てきたのは、ボブカットのふんわり優しそうな雰囲気の若い女性だ。

彼女が絵理さんの言っていた友人の育美さんだろう。

「あ、いらっしゃいませ、鈴木さん。いつもありがとうございます」

育美さんは、男性に向かって、会釈をした。

「いつもありがとうじゃないよ。僕、絵の配置は変えた方がいいって言ったよね？　変わってないじゃん。こういうのは、絵を並べるだけじゃ駄目なんだ。視線の動線を作ってあげなきゃならない。君の絵を認めているから言ってるんだよ、分かる？」

と、彼は呆れたように息をつく。

「あ……はい。鈴木さんの意見、とても参考になったんですが、私としてはこんなふうに飾りたいという想いもあって……」

育美さんは、アーティストだ。自分の作品の見せ方に対するこだわりがあるだろう。想いって、と彼は頭を掻く。

「君、もっともっと有名になりたいんでしょう？　いつまでもそんなアマチュア気分でいたら駄目だよ」

この人は一体……。

私が絶句していると、絵理さんがやってきて、小声で耳打ちする。

「あの方は鈴木さんといって、育美さん――私の友人の熱心なファンなんです。絵を買ってくれたり、ギャラリーを探す手伝いをしてくれたりとお世話になっているんですが、だんだん、作品のことや展示のことまで口を出すようになって……」

「え、美術関係者なん？」

　と、瀬川さんが訊ねる。

「ご本人は、そう仰っています」

いいかい？　と鈴木さんは、腕を組む。

「君は才能のあるアーティストだ。だが、経営のことまでは分からない。そうだろ」

　育美さんは、はぁ、と洩らす。俯きがちで、手が小刻みに震えていた。

「その点、僕は、『アート・マネージャー』として、この業界では知られている。美術界で僕を知らない人はいない。僕は君を思って言ってるんだよ？　君は僕に任せて、僕が伝えた作品づくりに集中するといい」

　その様子に私が顔をしかめていると、栗城さんが颯爽《さっそう》と彼の許へと歩み寄った。

「はじめまして、栗城と申します。お話が聞こえたんですが、あなたは、『アート・マネージメント』をされているんですね？」

　いきなり話しかけられた鈴木さんは、驚きながらも、「あ、はい」と眼鏡の位置を正す。

「もしかして、君も絵を描かれている？　僕の場合、自分の気に入った作品しかプロデュースしないことにしているんです。仕事とはいえ、芸術は感性とともにあるので。もし、僕のアドバイスがほしいなら、作品を……」

いえ、と栗城さんは、首を横に振った。

「私はアーティストではありません。あなたと同じ、アートを愛する者の一人です」

そう言うと鈴木さんは、君と一緒にしないでほしいな、と小声で言って、鼻で嗤《わら》うような仕草をした。

栗城さんは微笑んだまま、話を続ける。

「あなたは、『芸術は感性』と仰いましたよね」

「言いましたが？」

「それは育美さんも一緒ではないかと思います。たとえビジネス的に良いとしても、自分の感性に従いたいと思いますよ」

分かってませんねぇ、と鈴木さんは大袈裟な口調で言った。

「そもそも、日本の画家が食っていけないのは、自己プロデュース力がないからです。自己肯定感が低く、自分の作品の値段すらちゃんとつけられない。だからエージェントが必要なんです」

鈴木さんの言い方には反発を覚えるが、言っていることは間違いではない。

日本人は謙虚すぎるが故に、自分の作品も過小評価してしまうのだ。

ふと、『エージェント』という言葉から、ホームズさんとの会話を思い出した。

あれはクリスマスの夜だ。

ホームズさんは、今後、新たな仕事を始めるかもしれないと言っていたのだ。それが何かと問うと、『エージェントです』と答えた。

もしかしたら、あれは、『円生さんのエージェント』だったのではないだろうか？

だから、今回の件で、『振られてしまいました』という言葉が出てきたのだ。

円生さんは、ホームズさんが差し伸べた手を取らなかったということだ。

ええ、と同意した栗城さんの声で、私は我に返った。

「私もそう思います。アーティスト、特に日本人クリエイターにはエージェントという存在が必要かもしれません。ですが、本人が望んでいないのにファンだから、知識があるからといって、自分の考えを押し付けるのは、良いこととは言えません。アーティストとエージェントは互いに求め合ってこそです」

その言葉を聞いて、私は苦々しい気持ちになった。

円生さんは、どんな人物を自分のパートナーに選んだのだろう？

なにより、と栗城さんは強い口調で言う。

「アーティストは繊細です。外部の圧力で筆を折ってしまうケースもある」

はっ、と鈴木さんは目を剥いた。

「人を害悪のように言うな。俺がどれだけ彼女を想って協力してやったと思っているんだ」

「ですから、『してやった』と言っている時点でそれは押し付けです」

「何も知らないくせに分かったような顔して言うな！　おまえはどうせにわかアートファンだろ？『ミュージアム女子』ってやつか？　俺は美術界で知らない人はいない権威なんだ。黙ってろよ」

さっきまで『僕は〜』と言っていた彼が、『俺は』と声を荒らげている。

そんな彼を前にして、栗城さんは顔をしかめて、鈴木さんをジッと見た。

「な、なんだよ？」

「すみません、お見かけした覚えがなくて……。『美術界の権威』というと、どちらかの役を？」

真顔で問うた栗城さんに、彼は目を泳がせた。

「そ、そうだよ、『日本アート・マネジメント学会』の会長だよ」

「今の会長は、違う方ですが……」

と、栗城さんが即座に答える。

鈴木さんは目を見開くも、すぐに笑って言う。

「いや、間違えた。そうだ、『日本ミュージアム・マネージメント学会』だったな」

「それも違います」

えっ、と鈴木さんは、動きを止める。

栗城さんはポケットから名刺を出し、鈴木さんに見せた。

「私は、京都国立博物館副館長の栗城祐希と申します。『日本ミュージアム・マネージメント学会』の理事をしております。日本博物館協会の理事も務めています。全国美術館会議や美術評論家連盟などにも参加していますが……すみません、お見かけした記憶がなくて……」

鈴木さんは、名刺を手にし、さらに目を泳がせている。

「――先ほどの話に戻りますが、アーティストにマネージメントは必要だと私自身も思います。ですが、本人が求めていない以上、私たちのやることはひとつ。邪魔にならないよう応援することに他なりません」

そして、と栗城さんが続けた。

「いつか彼女が、あなたに意見を求めてきた時に、初めて手を差し伸べる――それが、本当のファンのあるべき姿ではないでしょうか?」

鈴木さんは何も言わずに、踵を返してギャラリーを出て行った。

育美さんは、力が抜けたように、その場にしゃがみ込む。

「大丈夫ですか？」

すみません、と育美さんは胸に手を当てた。

「あの方、最初は良い人だったのに、どんどん圧力が強くなってきて、最近はとても怖かったんです……。栗城さん、本当にありがとうございました。私、ガンガン言われると、何も言えなくなってしまって」

帰ってくれて良かった、と育美さんは息を吐き出す。

栗城さんは、ふぅ、と息をついて、窓の外に目を向けた。

鈴木さんが勢いよく歩き去っていく姿が見える。

「最近、業界でも問題になっているんです。若いアーティストに近付いて、一方的にアドバイスしたり、セクハラやパワハラめいたことをしたりする人が増えているんですよね。『ギャラリー・ストーカー』なんて言われ方もしています。そうして実際に筆を折ってしまう人もいて……」

栗城さんは、育美さんに向かって手を差し伸べた。

育美さんはその手を取って、立ち上がる。

「また、何かあったら、私に連絡して」

と、彼女に名刺を手渡した。

育美さんは、はいっ、と目を潤ませた。

私と絵理さんと瀬川さんは、カッコイイ、と拳を握り締める。

この出来事は、私の人生に大きな影響を及ぼすのだけど、今の私はまだそのことに気付いていなかった。

9

翌日、清貴と小松は、イーリンとともに西九龍文化地区を訪れていた。

『M+』は、そこ――ビクトリア・ハーバーのウォーターフロントにあった建物の形状はとてもシンプルだ。大きく広がる低層部と細身のタワー、そしてまるで記念碑のような形状のファザードが印象的だ。

いや、記念碑というよりも……。

「――なんだか、巨大スクリーンのような建物だな」

小松が建物を仰ぎながら洩らすと、そうなんですよ、と清貴が答えた。

「ビクトリア湾に向いているあの巨大なファザードは、実際にスクリーンにもなるそうですよ」

「なるほど、さすが『視覚芸術』の美術館ってわけだ」

小松は納得したように言いながら、皆とともに入口へと向かう。

「この入口の感じとかは、ロームシアター京都を彷彿とさせますね」

「ったく、あんちゃんは、すぐ京都を出してくるな」

そんな話をしながら、建物に足を踏み入れる。

ちなみにここに入るためには、事前予約が必要なのだが、それはイーリンが手配してくれていた。

エントランスからは広々とした空間、剥き出しのコンクリートとウッディ・テイストのカウンターが見える。シンプルで洗練されたデザインだ。

「こっちです」

と、イーリンが先導する。

企画展示の入口には、白地に黒の文字で『equality』と書かれていた。

写真撮影禁止のマークもついている。

小松はごくりと喉を鳴らして、展示室に入る。

まず目に入ったのは、大きな少女の絵だ。中東の少女であろう顔のアップ。大きな瞳には、銃を持って争う兵士の姿が映っている。

少女は泣いているわけでも悲観しているわけでもなく、ただ、その様子を見ているのだ。

この絵を観ただけで、ずきんと胸が痛んだ。

芸術の力のすごさを感じさせる。

他にはカラフルなカメレオンのオブジェ、キャンバスに絵具をぶちまけただけのようなポスター、アニメのようなイラスト、写真にしか見えない精巧な絵画など、作品は多種多様だが、どれも作家の名前は伏せられている。

素直に『すごい』と思う絵もあれば、『なんだこりゃ』と首を傾げるものもある。

「へぇ、結構、名の知れたアーティストが参加されているんですね」

「でしょう。私も驚いたわ」

と、清貴とイーリンが話している。

二人には、作家が分かっているようだ。

「で、円……目的の絵はどこだ？」

小松は、円生、と言おうとして躊躇し、周囲を見回しながら訊ねる。

イーリンは一瞬、緊張の面持ちになった。

「この奥です」

順路を進んでいった先に、その絵があった。

タイトルは『今都《こと》』。今の京都ということだろうか。

清貴が足を止めて、立ち尽くす。

夕暮れ時の祇園の町を俯瞰した絵だ。

鴨川に架かる四条大橋。南座から東の突き当たりにある八坂神社。

写真のように精巧に正確に描いているわけではない。

だが、緻密であり、美しい。

なにより、行き交う人々が生き生きと楽しそうにしている。

観ていて、小松の目頭が熱くなった。

「そっか、あいつ……祇園での生活、結構、楽しかったんだな」

いつも仏頂面だった。

面白くなさそうにしている顔しか見たことがない。

だが、この絵からは、明るさと喜びが溢れている。

「良い絵ですね……」

清貴は、絵を観たままつぶやく。

「彼の絵には、『自分もこの中に入りたい』と思わせる不思議な吸引力があります。だから、どうしても足を止めてしまう。ずっと眺めてしまう。絵の中の匂いや音まで感じるような気がする……。技術だけではない何かが、円生の絵にはある。これは、おそらく学んで得られるものではないんでしょうね……」

これは、清貴の独り言だったが、小松も同感だった。

目を惹く絵には出会ったことがあるが、ここまで強くグッと引き込まれる感じは、他の絵では経験したことがない。

清貴は、そっと、イーリンに視線を移す。

イーリンは緊張の面持ちで、清貴を見ていた。

「間違いありません、彼の絵です」

イーリンは、真剣な眼差しで、清貴を見詰め返した。

「ありがとう、清貴さん。これで、私も心が決まったわ」

「この絵を買うんですね」

「ええ、買えるかどうかは分からないけれど」

今回は高い金額を提示すれば良いというわけではない。入札制だ。

「ちなみに、入札価格は、あなたにも言わないわ」

イーリンは、清貴に対しても警戒心を抱いているようだ。

なんとしても、この絵を手に入れようと思っているのが伝わってきた。

「お父様のために、ですか？」

「それもあるけど……私のためでもある」

イーリンはそう言った後、

「ごめんなさい、これから私、準備をしなくてはならないから、ここで失礼するわね」

と会釈をして、踵を返した。

早足で歩くイーリンの後ろ姿を目で追いながら、小松はポカンとする。

「なんか、イーリン、ピリッとしてたなぁ」

「この絵が彼のものだと確信を得て、気が引きしまったのでしょう」

「……あんちゃんは、どうするんだ？　入札するのか？」

まさか、と清貴は笑う。

「どこの誰に買われるか分からない状態ではなく、買い手を彼が選べるのでしたら、それで良いのではと思っています」

それでは行きましょうか、と清貴は歩き出した。

「なぁ、これでもう、日本に帰るつもりか？」

「ええ、確認だけしたかったので」

「飯くらい食っていこうぜ。大衆中華」

「そうですね。せっかくですから」

と、清貴は微笑んで言う。


清貴と小松は、『M＋』を出て、九龍に戻る。

どの店にしようか、と飲食店の看板を見て歩いていた。

「にしても今回、本当に普通のビジネスホテルのツインルームだったのには、驚いたよ。しかも俺たちが同室って」

小松は思い出したように言う。

もちろん、一人ずつ部屋を頼むよりリーズナブルだが、清貴のことだから、絶対に一人部屋にするだろうと思っていたのだ。

「もちろん、僕だって一人部屋が良かったですよ。ですが、まぁ、念のためですね」

と、清貴は微かに肩をすくめる。

「念のため？」

「ええ、目が届くところにいてもらった方がいいので」

「子ども扱いかよ」

そんな話をしながら、九龍の賑やかな街に目を向ける。

ネオンサインが道路にまでせり出している様相は、まさに香港だ。

多種多様な人々が行き交う姿は、世界有数の国際金融都市を感じさせた。

「さすが、活気があるなぁ。上海とはまた雰囲気が違っているというか。ちなみに、今の香港の治安ってどうなんだ？」

「まぁ、安全な方だと思いますよ。とはいえ、日本ほどではないので気を付けてください。ちょっと嫌な感じもしていますので」

「嫌な感じ？」

「視線を感じるというか。ああ、ボディバッグを肩に掛けたりせず、ちゃんと体に通してくださいね」

「おう」

その時だ。後ろを歩いていた誰かに靴の踵を踏まれた。

がくっ、と体勢が崩れて、横を歩く清貴に一歩遅れを取った。その瞬間、どこからか手が伸びてきて、ボディバッグをひったくられたのだ。

あっ、と声を上げる間もなく、気が付くとなくなっている。

「う、うわ、バッグが！」

小松が目を泳がせていると、

「言ってる矢先ですね」

と、清貴がすぐにひったくり犯に向かって、駆け出した。

「あんちゃん！」

小松もすぐにその後を追う。

ひったくり犯は、ごった返す人の中を縫うように走っていく。

その速さに驚かされるが、清貴も負けてはいない。どんどん距離を詰めているようだ。

小松も必死で追い掛ける。

ひったくり犯はチラッと後ろを確認して路地裏へと入っていく。

清貴は即座にその後に続き、少し遅れて小松も路地裏に入った。

路地は大人が二人、ようやく並んで歩ける程度の幅だ。昼間なのに薄暗い。室外機や段ボール、ゴミ箱、油などが入った一斗缶などが並んでいた。

清貴の背中を見付けて、小松はホッとして歩み寄る。

「あんちゃ……」

そこまで言って、言葉が詰まった。

清貴の前にはひったくり犯の他、若い男たちが二人、にやにや笑ってこっちを見ている。

「あんちゃん、バッグなんてもういい。逃げるぞ！」

スマホに財布、パスポート、それにタバコとライターが入っているけれど、こうなっては諦めるしかない。

清貴がいくら強くても、ここは日本ではない。命が大事だ。

そう声を上げた刹那、男たちが清貴に向かって襲いかかってきた。

ひっ、と小松は後退りをする。

腰を抜かしそうになったが、そんな場合ではない。

衝撃的な場面に遭遇した際、不思議なもので目の前の出来事がスローモーションのように見えることがある。

今もそうだった。男が清貴に向かって拳を振り上げる。清貴はのけ反ってそれをかわし、地面に片手をついて、左足で男の腹部を蹴りつけた。

もう一人の男が、ちっ、と舌打ちして、ナイフを出す。

清貴はすかさず、ナイフを突きつけた男の右手をつかんで後ろに捻り上げ、地面に叩きつける。

これはまずいと思ったのだろう。よほど痛かったのか、ぎゃあ、と男が悲鳴を上げた。

ひったくり犯は、仲間を置いて逃げようと踵を返した。

が、清貴は素早く、ひったくり犯の腕をつかんで、そのまま一本背負いで地面に叩きつける。

ひったくり犯の頭を押さえつけ、ボディバッグを奪い返した。

「やった、あんちゃん！」

さすが清貴だ。小松は思わず両手を握り締める。

清貴は、男を押さえつけたまま、冷ややかに英語で訊ねた。

『美術館を出た時から僕たちを観察していましたよね？　誰に頼まれたんですか？』

男は何も言わず、奥歯を噛み締める。

清貴は、小松を振り返った。

「小松さん、そこの一斗缶を取っていただけますか？」

「あっ、これか？」

何に使うんだ？　と不思議に思いながら、小松は一斗缶を清貴の側に置いた。

清貴は、缶の蓋を開けて、容赦なく男の頭に油かけたかと思うと、小松のボディバッグからジッポのライターを取り出した。

「あ、あんちゃん、何するんだ！」

「あなたは黙っていてください！」

清貴の怒声に、小松の体がびくんと震えた。

油は、アスファルトにも染み入っていた。

ひったくり犯の顔が蒼白になっている。

『このまま、火だるまになりたくはないでしょう？　誰になんと頼まれたのでしょうか？』

と、清貴がライターの火をつけて、男の顔の前まで近付ける。

男は、ひっ、と声を上げた。

『バイトでやったんだよ！』

『バイト？』

『依頼人が誰なのかは知らねぇ！　あんたの写真を見せられて、この男を襲えっていう仕事だったんだ。それだけで結構な金をくれるって。本当だよ、なにも知らないんだ。許してくれ』

『そうですか』

清貴は火のついたライターをアスファルトに溜まった液体の中に落とす。

「あんちゃん、それはやったら駄目だろ！」

と、小松が声を上げるも既に遅く、ライターは地に落ちた。

ひったくり犯は、うぎゃあ、と半狂乱で清貴を突き飛ばし、負傷した仲間とともに路地裏を出て行った。

小松は目を覆いたい気分だったが、火は燃え移っていなかった。

あれ、と小松は目をぱちりと瞬かせて、地面のライターに視線を移す。

油の中に落ちたライターの火は消えている。

清貴は、やれやれ、という様子で、小松を見る。

「……小松さん。これは、ガソリンや灯油ではなく、食用油ですよ」

と清貴は、一斗缶の『食用油』という文字を見せた。

食用油に火を近付けても引火しないのだ。

「えっ、そうだったのか？」

「はい。輩にお灸をすえただけです」

しかし、あの時の清貴の雰囲気は、鬼気迫るものがあった。

「それはそうと、油まみれにしてしまってすみません」

と、清貴はライターをつまむように取り、ハンカチに包んだ。

別にいいよ、と小松はバッグとライターを受け取る。

「バッグ、取り返してくれたんだしよ」

サンキュー、と小松は言って、清貴を見た。

あと、と清貴は続ける。

「礼には及びません。そもそもバッグをひったくったのは、僕をおびき出すためのようでしたし」

「……誰かに狙われてるってことだよな」

「そうですね」

「一体誰に？」

「僕にこんなことするのは、一人しか思いつきません」

清貴は立ち上がり、ふぅ、と息をつき、遠くを見るような目をする。

小松にも同じ人間が浮かんでいたが、口には出さなかった。

「こうなったら仕方ありませんね」

「えっ」

「入札に加わることにします」

はっ？　と小松は大きく目を見開いた。

10

円生は、九龍の街が見下ろせるビルの最上階にいた。まだネオンの明かりが灯っていない香港の街は、雑然としたその姿が浮き彫りになっている。

円生は紹興酒を飲みながら、テーブルに目を向けた。

北京ダックやフカヒレといった高級中華料理が並んでいた。

餃子や炒飯でええんやけど、と円生はぼやく。

テーブルには、円生以外に男が二人座っている。

一人はスーツ姿で、一人はTシャツ姿だ。

スーツの男が、少し前のめりになって訊き返した。

「えっ、何か言った?」

「セレブな感じは好かんて言うたんや」

「いやいや、君はこれから億を稼ぎ出すプレイヤーになるんだよ?」

プレイヤーて、と円生は鼻で嗤う。

「あのイーリンが何度も『M+』に足を運んでくれているおかげで、コレクターたちも注目し始めている。作家の正体が分かったんだろうな。早速、入札希望がきているよ。揃いも揃って、結構な額だ」

スーツの男は、スマホを確認しながら言う。

どれどれ、とTシャツ姿の男が首を伸ばして、スマホを覗いた。

「あー、このメンバーか。絵が欲しいというより、投資目的って感じだな」

「それでいいんだよ。円生君の絵がブランドになった証拠だ。君もそう思うだろう？」

と、スーツの男が、円生に同意を求めた。

円生は何も答えず、紹興酒を口に運ぶ。

「それはそうと、やっぱり坊ちゃんはやってきたな。そろそろ報告の電話がくる頃かな？」

スーツの男がそう言うと、Tシャツ姿は腕時計に目を向ける。

「とっくに連絡があってもいい頃だけど……返り討ちにあったかな」

「可能性はあるな。あの坊ちゃん、あんな見た目で鬼みたいに強いし。どうしてあんなに強いんだ？」

Tシャツ姿が、ははっと笑う。

「清貴は昔から格闘技をやってるからね。最初はじいさんに言われて、仕方なくって感じだったみたいだけど、小学生の時に襲われたことがあって……」

襲われた？　と円生が訊き返す。

「未遂だよ。清貴、小さい頃は女の子みたいに可愛かったから、間違えられたのか、そもそもそういう趣味だったのか分からないけど、男が道を訊く振りをして清貴に近付いてきて、ひと気のないところに連れ込まれたんだって。まぁ、清貴はなりふり構わず突き飛ばして逃げてきたそうだけど」

「初耳やな」

円生が独り言のように言うと、そうだろうね、とTシャツ姿が答えた。

「じいさんにも親父さんにも言ってないって話してたから、もしかしたら、知ってるのは、俺だけかもしれないな」

「坊ちゃんが中学生の頃に、話してくれたんだ？」

スーツの男の問いに、Tシャツ姿は、そう、と答えて、ワインを飲む。

「その時の清貴、冷静に話しているんだけど、なんていうか怒りに満ち溢れていて、それこそ本当に鬼みたいだったよ。まぁ、そんなことがあってから本気で強くなろうと思ったみたいだ」

「へー、トラウマなのかな。だから、『ひと気のないところに連れ込んで襲え』って指示を？」

スーツの男の質問に対し、Tシャツ姿はなにも答えず、意味深に笑うだけだ。

円生は黙って、二人の男を見る。

スーツを着た男は、菊川史郎《きくかわしろう》。元々は、雨宮《あまみや》姓を名乗っていた。

彼は言わずもがな、何度も清貴に煮え湯を飲まされている。

一度、逮捕されたが、現在は釈放されていた。

Tシャツ姿の男は、平雅風太《ひらまさふうた》。『風雅《ふうが》』という雅号の画家だった男だ。

一見ハンサムで、警戒心を与えない、優しそうな雰囲気だ。

彼と清貴の因縁は深い。

風雅が美大生だった頃に開いた個展で、中学生だった清貴と出会ったという。

すでに目利きだった清貴は、風雅の作品を観て、可能性を感じたそうだ。

清貴は風雅を家頭誠司に紹介し、誠司も彼の作品を認めた。やがて風雅の作品は、美術界の権威の目に留まるようになった。

当時の風雅は清貴に感謝していたし、清貴も風雅を兄のように慕い、よく彼の部屋に行っていたという。

ある時、風雅は、家頭誠司のツテで世界規模の大きなコンクールにエントリーできることになった。

風雅は喜び、『なんとしてもこのチャンスをものにしたい』と意気込んだ。

その気持ちが大きく空回りしたのだろう、描けなくなってしまったそうだ。

そんな時に、大学の友人に違法薬物を勧められた。

『一気にプレッシャーから解放されて、良い作品を描ける。少量なら依存もしない』

甘い言葉に流されて、風雅はちょっと試すだけ、と違法薬物に手を出した。

そこから、違法薬物にのめり込んだ。

作品づくりもせずに、悪い友人とともに酒と薬物と女に溺れるようになった。

気付いた風雅の兄が、風雅を止めようとしたが、逆に風雅は兄も仲間に引き込んだ。

部屋に仲間を集めてドラッグ・パーティーを開いている時、警察が踏み込んできて逮捕された。それは、清貴の通報だったそうだ。

逮捕された際、風雅はこう叫んだという。

『全部、お前のせいだ。お前になんて、会わなきゃ良かった』

その後は、転落の人生だった――。

円生は紹興酒を飲みながら、化野のアパートの前で起こった出来事を振り返った。

――今から約半年前の二月十四日。

バレンタイン・デーに開かれた葵たちの展覧会から、機嫌良く帰ってきた時だ。

離れたところに神戸ナンバーの白いベンツが、隠れるように停車しているのが見えた。最近、この車をよく見掛けていた。

『なんやねん、えろう纏わりつきおって。ストーカーかいな』

車に近付いてそう言うと、後部席の扉が開いて、三十代半ばの男が姿を現わした。

『こんにちは』

と、にこやかな笑みを湛えて言う。それが、風雅だった。

彼には一度、不快な言葉をかけられたことがあり、円生は露骨に顔をしかめた。

すると風雅は、取り繕うような笑顔を見せた。

『不快な思いをさせてすまないね。どうやら、制作に入ったようだし、邪魔はしたくなかったんだ』

円生が何も言わずにいると、風雅はこう続けた。

『あらためて、一度ゆっくり話したかったんだ。時間、いいかな』

そう言って彼は、車から降りた。奥にもう一人座っているのは分かったが、顔までは分からなかった。

『俺はあんたと話すことなんて、なんにもあらへん。どうせ、贋作づくりの依頼やろ。せえへんし』

『そんなんじゃない。俺は君に謝りたかったんだ。とても失礼なことを言った』

円生は、冷ややかに風雅を見据えた。

風雅はかつて自分の前に現われ、柔らかな言葉のベールに包みながらも『おまえは所詮、二次創作作家。勘違いするな』と言い放ったのだ。

その威力はなかなかのもので、円生は一度、筆を折りかけたほどだった。

『あの言葉は本心じゃない。タカシたちに頼まれたんだよ。「真也が筆を折るようなことを言ってほしい」ってね』

タカシは、贋作売買をしていた頃に一緒に仕事をしていた。俗にいう『かつての悪い仲間』というやつだ。

円生は黙って風雅を見やる。

『実は君の作品を観て、圧倒された。もう絵を描くのをやめた俺の胸が騒いだくらいだ。正直、嫉妬もあったんだよ』

思えば清貴が、『おそらく八割がた嫉妬だと思いますよ』と言っていたのだ。

そうだったのか、と思いつつ、どうでもええし、と円生は横を向く。

『真也君——いや、円生君かな。本格的に世界の表舞台に立ってみないか？　そして、清貴を見返そうと思わないか？』

はっ？　と円生が目を見開いた時だ。車からもう一人、男が出てきた。

それが、菊川史郎だった。

『君も、あのホームズとやらには、それなりに恨みがあるだろう？　ここらで、一斉に清算といかないか？』


菊川史郎も風雅も、なかなかのやり手だった。

史郎は美術ブローカーとして、今でもアジアの富豪とつながっている。

風雅は今、表向きは兄の会社の一員だ。

その実、セレブ相手にホストのようなことをしているそうだ。

彼を気に入っているマダムが、何人かいるという。

彼の魅力は、背が高く、清潔感があり、甘いマスク――というだけではない。

特筆すべき点は、人の懐にスッと入り込めるところだろう。

まだ中学生だったとはいえ、あの清貴が心を許すだけのなにかを持っている。

風雅は、自然と相手が欲しいと思う言葉を与えることができる男であり、だからこそ、人の心をえぐるようなことも言えるのだ。

今回の『M＋』での展示は、風雅の顧客からきた話だった。

『これから話題になりそうな若手のクリエイターを集めて、展示会をしたいと思っているの。美術品ブローカーを何人か手配してくれない？』

という主催者側のマダムの依頼で、風雅は美術ブローカーを集めた。

その中に、菊川史郎がいた。二人が即座に結託したのは、二人とも清貴に対して腹に据えかねるものを持っているからだった。

そこから、円生の作品を『M＋』となるのは、自然の流れだったという。

また、今回の企画、『平等』も史郎の提案だったそうだ。

『なんて言っても「蘆屋大成《あしやたいせい》」こと「円生」の作品だ。主催者側も異論はなく、即決定だったよ』

『あのジウ氏が、お金を積んでも買えなかった作品と言われているくらいだしね』

と、二人は楽しそうに言っていた。

ジウ氏が気に入っている画家というだけではなく、ジウ氏が『買えなかった』というのも、業界では大きな話題になっているようだ。

その時、史郎のスマホが鳴った。

おっ、と史郎は嬉しそうに電話に出る。

しかしすぐに、やれやれ、という表情に変わり、電話を切った。

「やっぱり、失敗したって」

「そっか、残念」

と、風雅はさして残念でもなさそうに言い、史郎を見た。

「で、君の方は？」

「もう、とっくに仕込みをスタートしているんだけどね。なかなか難しいみたいで」

と、肩をすくめたその時、史郎のスマホがピコンと音を立てた。

「また、入札があったようだ」

と、史郎は嬉々としてスマホの画面をタップする。

画面を見て、史郎は驚いたように言う。

「坊ちゃん――家頭清貴から入札だ」

えっ、と円生は目を見開く。

「ほんまなん？」

「しかも、この金額とコメントはなんだ……？」

史郎は不可解そうに言う。

円生は立ち上がり、史郎のスマホを覗き込んだ。

清貴からのコメントを目にするなり、円生は自分のスマホを手に取って立ち上がった。

そのまま部屋の隅へ行き、清貴に電話をかける。

呼び出しの後に、はい、と清貴の声が耳に届く。

「あれはなんなん？」

円生は開口一番に言った。すると清貴は、くっくと笑う。

『なにかしらのアクションがあると思っていましたが、思ったより早いですね』

その余裕の口ぶりに、円生が苛立ちを感じていると、で、と清貴は続けた。

『あれとは？』

「あの一文と金額や」

入札者が書くコメント欄に、清貴はこんな一文をしたためていた。

――このたびは　幣《ぬさ》も取りあへず　手向山　紅葉のにしき　神のまにまに――

菅原道真《すがわらのみちざね》の歌だ。その意味は――、
今回の旅は急なことであり、神に供える幣も用意せずに参りました。代わりに手向山の紅葉を捧げます。神よ、御心のままにお受け取りください――というもの。

『あなたが、和歌を贈ってくださったので、返歌をしたんですよ』

「で、入札の金額はなんやねん。十万って。あんたにとって俺の絵はその程度てことなん？」

『あれは、飛行機代です』

と、清貴は間髪を容れずに言う。

円生が言葉を詰まらせると、清貴が穏やかな口調で続けた。

『とりあえず、帰ってきてください。菊川史郎がパートナーならば、それなりに稼げるかもしれません。ですが、大切なものも失うでしょう』

「なんでそないに思うん？　稼げたらええやん」

『史郎はあなたの作品の良さを分かっていない。ジウ氏が気に入ったから執着しているだけです。今回の件も、再びジウ氏とつながるためのとっかかりの一つとして考えているでしょう。つまり、あなたの作品を道具としてしか見ていない。そんな人間をパートナーにしたら、必ずクリエイターの心は痩せていきます』

「ほんなら、あんたは違うんか」

『……僕は、あなたの作品の素晴らしさを知っています』

「そないなもん……」

そう言いかけた時、史郎が立ち上がり、手招きをした。

円生は部屋の隅からテーブルまで戻り、スマホをスピーカーに切り替える。

「やあ、清貴君」

史郎がにこやかに言うと、清貴も『お久しぶりです』と同じ口調で返す。

「今ね、ここにいるのは、僕と円生君だけじゃないんだよ。誰だか分かる？」

と、史郎は、風雅に視線を送る。清貴は、さぁ、と答えた。

『誰なんでしょうか？』

「風雅こと、平雅風太さん。君の大好きなお兄さんだよ」

『これはまた、お久しぶりですね』

電話で聞く限り、清貴の声に動揺の色はない。

風雅は肩をすくめただけで、何も答えなかった。

『なるほど、僕を嫌っている三人が揃ったというわけですね？』

「そう。『家頭清貴・被害者の会』を結成したんだ」

被害者の会ですか……と清貴が笑っている。

『それで、人を雇って僕を襲ったわけですね』

さあ、と史郎は首を傾げる。

「なんのことだろう」

『これからも僕に攻撃を仕掛けてくるなら、どうぞご自由に』

「へぇ、攻撃してもいいんだ？」

『僕は蛇男と呼ばれていましてね。いつもは穴倉でジッとしている、とっても大人しい子なんですよ。自分からわざわざ出かけて行って攻撃するようなことはないんです。ですから、これまであなたのことを放っておきました。ですが、攻撃をしてくるというのなら話は別です。一切、容赦はいたしません』

清貴の口調はいつものように穏やかだった。が、迫力があり、史郎が気圧されているのが伝わってきた。

うん、と史郎は空笑いで答える。

「君はそうだろうね。だから俺もこれまでムカつきながらも、手を出せなかったってのもある。でも、やっぱり俺も腹に据えかねていてね、なんとかして君に煮え湯を飲ませたいと思っていたんだ。で、円生君に訊いてみたんだよ。『家頭清貴が一番こたえるのはどんなことだろう？』とね。そうしたら、笑っちゃう返事がきたんだ」

清貴はなにも言わずに次の言葉を待っている。

「『真城葵に心変わりをされること』だって」

はっ？　と清貴が訊き返す。

「もし真城葵を暴力的に奪ったら、それこそ君はどんな手段を使っても俺たちを抹殺しにくる。今後も美術界で仕事をしたいならやめた方がいいと言うんだ。でも、彼女が勝手に心変わりしてしまうのは、どうしようもないよね？」

『心変わりだなんて、どうやってそんなことを……？』

清貴は少し呆れたように言う。

「それなんだよ。きっと、葵ちゃんは『イケメンの大学院生』が好きなんだろうなと思ったから、ちょうどいいのを探して買収して、葵ちゃんを誘惑するように仕向けたんだけど、暖簾に腕押しらしくて」

『ああ、あの男ですか……』

と、覚えがあるようで、清貴は忌々しそうに言う。

「そっちは成功しそうにないからもういいんだけど、もう一つ仕掛けていることがあるんだ。今、葵ちゃんはインターンとして京博に行っているんだよね。たしか、二月頃から応募の準備をしていたとか」

清貴は黙ったままだ。

「美術ブローカーをやっていると、各方面からいろんなことを頼まれるんだよ。たとえば、『今度ピアニストが日本でリサイタルを開きたいと思っているんだけど、どこか素敵な会場はないか』とかね。そこで俺は、京博の『明治古都館』をおすすめしたんだ。その時はまだインターン採用に向けての応募の準備をしている段階だったけど、なんといっても、サポーターとして君が側にいるわけだし、きっと採用されるだろうと思ってね」

……なんの話をしてるんや、と円生は、史郎の話の意図がつかめず、顔を顰めた。

清貴は依然として、黙ったままだ。

「彼女の名前は、黒木塔子。君の元セフレなんだよね」

円生は、へっ、と顔を上げる。

清貴が一瞬、息を呑んだのが分かった。

「どんな女性ともあまり長続きしない君だけど、黒木さんとは割と長い付き合いだったとか。黒木さんにも彼氏がいたし、お互い割り切って仲良くしていたんだってね。でも、彼女が『私たち、ちゃんと恋人同士にならない？』と言った途端、即座に関係を断ったとか。いやぁ、君って彼女に一途で、爽やかで誠実そうに見えるけど、実は、サイテーな男だったんだね」

あはは、と史郎が笑う。

「彼女、酔っぱらったら、赤裸々に語ってくれるから面白いんだよ。君のことが忘れられないって言ってた。君も悪い男だなぁ。彼女もある意味、『被害者の会』の一員だよね」

で、と史郎は続ける。

「黒木さんに、『今の彼女が京博にいるみたいだよ』と伝えたら、『それは、ぜひ挨拶させていただかないと』って言ってたよ」

円生は、そういうことか、と相槌をうつ。

「女の子ってさ、彼氏の過去を彼自身の口から打ち明けられた時は、許してくれたりするけど、実際に元カノが現われたりしたら、冷静じゃいられなくなるみたいだよね。絵空事だったのが急にリアルになるからなのかな？　あの真っすぐな葵ちゃんが、君の元セフレに会ったらどうなるんだろう？　嫌われてしまう可能性も十分……」

清貴が電話を切った。

気分良さげに話していた史郎は、あれ？　とスマホに目を向ける。

「清貴君、電話切っちゃった？」

ああ、と風雅はうなずく。

「まさかと思ったけど、本当に効いたようだね」

ぶはっ、と史郎が噴き出した。

「こんなくだらないことでと思ってたけど、そうか、本当にこれが効くわけだ」

円生は、ふぅ、と息をつき、風雅に視線を移す。

「ところで、風雅はん、あんたはなんも話さへんかったけど、ええの？」

「まあね。別に話すこともないし」

と、風雅はワインを飲む。

ふぅん、と円生はスマホを手に取り、部屋の外に出た。

＊

清貴は電話を切るなり、真っ青になってベッドにうつ伏せになった。

「あんちゃん、いきなりどうしたんだ？　何があったんだ？」

小松が体を揺するも、清貴は倒れ込んだままぽつりと答える。

「すみません、今はそっとしておいてください……」

はぁ？　と小松が声を上げた時、また清貴のスマホが振動した。

「………」

清貴は突っ伏したまま、通話ボタンをタップする。

『──話、途中やったんやけど』

円生だった。スピーカーにしているため、その声は小松の耳にもしっかり届いた。

「まだ何か話が？」

『あんたに訊きたいことがあったんや』

その言葉を受けて、清貴はゆっくりと体を起こす。

「なんでしょう？」

『そもそも、なんであんたはわざわざ、香港まで来てんねん』

「あなたが、あんな手紙を寄こしたからです」

円生が清貴に送った手紙には、和歌がしたためられていた。

別れをば　山の桜にまかせてむ　留む留めじは　花のまにまに――。

あの日の夜、清貴は説明してくれた。

幽仙《ゆうせん》法師の和歌だと。

その意味は、

『この別れの行方は山の桜にまかせましょう。引き止めるも引き止めないも、すべて花次第で』――。

この和歌は、幽仙法師が、人々と別れる時に詠んだものだという。

「比叡山で会った時、あなたはこの一節を葵さんに伝えたそうですね。あの時のあなたは、葵さんに別れを告げたのだろう、と僕は思っていました……」

円生は、小さく笑って言った。

『ほんなら、俺があんたにも別れを伝えたって思わへんかったん？』

「まったく、何を言ってるんですか」

はっ？　と円生は怪訝そうな声を出す。

「あなたが僕に別れを告げたならば、それは『会いに来い』ということでしょう？」

はっきりとそう言った清貴に、円生は黙り込む。ややあって、ははは、と笑った。

『あほや。深読みしすぎやねん』

円生の真意は分からない。本当に素直に、別れの手紙を書いたのかもしれない。それでも、今の声は、どこか嬉しそうだ。

『あんたに一つ、伝えておかなあかんことがあるんや』

はい、と清貴は答える。

『今回の展示会が終わったら……俺は、葵はんに伝えるつもりや』

みなまで聞かなくても分かった。

これまで抱えていた想いを、葵に告げるのだろう。

「なぜ、わざわざ僕にそんなことを？」

『言うとかへんと、フェアやないから』

フェアですか……、と清貴は皮肉めいた笑みを浮かべる。

「史郎と風雅と組んでおきながら……」

そこまで言って清貴は何かに気付いたように、口を閉じた。そして額に手を当て、息を吐き出すように言う。

「……そうですか、分かりました」

それでは、と清貴は続ける。

「僕は、もう京都へ帰ります」

『ほな、気ぃつけて……と言いたいとこやけど、帰るのは明日にして、ちょっと時間つくってほしいんやけど』

清貴は、分かりました、と静かにうなずく。

小松は、円生がなにを考えているのか、さっぱり分からなかったが、今の清貴は、すべて見通しているように思えた。

11

イーリンは毎日のように『M+』を訪れ、円生が描いた作品『今都』を眺めていた。

入札締め切りまで、あと二日。

イーリンは、まだ金額を決めあぐねていた。

しばし絵を見詰め、ふぅ、と息をついて、美術館を出る。

駐車場に向かおうとした時、背の高い男が目の前に現われたので、イーリンは驚いて顔を上げる。

帽子を目深にかぶり、Tシャツにジーンズといったラフな出で立ちだ。

一瞬、誰なのか分からなかったが……、

「円生さん――」

そう、円生だった。彼は少し可笑しそうに笑って言う。

「毎日来てるて話やん」

「……ええ、まぁ」

イーリンと円生は、そのまま海の方へと向かう。

「なんや、上海の時の再現みたいやな」

と、円生は海を眺めながら、少し懐かしげに言う。

イーリンは、円生の横顔をちらりと見たが、すぐに海に視線を移した。

「随分、雰囲気が変わって驚いた。元々男前だとは思っていたけど、清貴さんに負けてないと思う」

そう言うと、前から負けてへんし、と円生は小さく笑って訊ねる。

「前の俺とどっちがええ？」

「どっちでも。たぶん、多くの人は今のあなたと答えそうだけど、私は前のあなたの姿、とても良かったと思う」

おおきに、と円生はいたずらっぽく笑った。

「あの企画のコンセプトは『平等』やて話やけど、始まってしまえば、結構ズブズブやったな」

「ズブズブ？」

「名前を伏せても、目利きは誰の作品かすぐに分かるやろ。『あの作品はあなたが描いたものですか？』って直接訊いたりして、作家は作家で言葉を濁しながら、真実を匂わせてる。企画運営側もそういうもんやて黙認してるし」

そうね、とイーリンは苦笑した。

「今も、私が『あの作品は円生さんが描いたのよね？』と訊いて、あなたがうなずいたら、それでおしまいですもんね」

「せやろ。ええかげんなもんや」

「でも、話題と注目は集められたから、悪くはない企画だと思う」

次回への課題は多いけど……と言って、イーリンは横目で円生を見た。

「あなたにも直接、問い合わせが？」

「せやな。『答えなくていいんだけど、あの作品は君のものですよね？』って、あるじいさんから電話かかってきてたし」

「その方、誰なのかちょっと分かった」

イーリンが、ふふっ、と笑っていると、円生が真顔になって訊ねた。

「……あんたは、入札、迷ってるん？」

イーリンは、ごくりと喉を鳴らして、目を伏せる。

「入札はするつもり。迷っているのは……」

「あー、金額やな」

そう、とイーリンは静かに答える。

「大金持ちなんやから、ポンッと出せへんの？」

「そんな……、私が自由に使える現金なんて、あなたが思うほどあるわけでもないのよ。それを出して、父がどう思うかも考えてしまうし……」

あほや、と円生は鼻で嗤った。

「あんた自身が『欲しい』て思ったんやったら、入札したらええねん。パパのご機嫌取りやったら、やり方間違えてるんちゃう？」

「やり方？」

「父親と一緒に観にきたらええやん。なんで一人でなんとかしようとしてるんや」

でも、とイーリンは瞳を揺らす。

「父はあなたのファンで、自分があなたをサポートしたいと思っていたのよ。それなのに、こんなことになって、誰かに出し抜かれたって、すごく憤ると思う。そして、その情報をつかめなかった私に失望するわ」

「ほんま、あほやな。人ん家のことはよう分からへんけど、下手こいた時は、小細工せんと、さっさと謝るのが一番やで」

イーリンはしばし黙り込み、そうね、と洩らす。

「本当にそうね。私の知らない間にこんなことになっていたのを正直に伝えて、父を誘ってみる。それが一番よね」

「知らんけど」

と、答えた円生に、イーリンは目を丸くした。

「えっ、どうして、いきなりそこで突き放すの？」

　すると円生は、ぷっと笑う。

「これは、関西人の特性やねん」

「『知らんけど』って突き放すのが？」

「せや。『色々言うたけど、結局、決めるのは自分自身やで』ってことやねん」

　あ……と、イーリンは口に手を当て、頬を緩ませる。

「そう聞くと、なんだか良い言葉ね」

　せやろ、と言った後、円生はイーリンを見下ろした。

「あんたに訊きたいことがあったんや」

　イーリンは、何も言わずに視線を合わせる。

「なんで、あんたはうちのアトリエの前まで来て、謝って泣いてたん？　あれは、『汚いところに入れない私を許して』ってことでええんやろか」

　そう続けた円生に、イーリンは目を泳がせた。

「アトリエって、アーティストにとって聖域みたいなものでしょう？　あなたのアトリエがどんなところか知りたかったし、そこに来てもいいと言ってもらえた私は有頂天だった。それで、その時……もしかしたら、特別な出来事があるかなと思っていて」

「特別な出来事？」

と、円生はぽかんとして訊ねる。

イーリンは頬が熱くなるのを感じて、俯いた。

「私、あの日、新しい下着をつけて、あなたのところへ行ったの」

イーリンの言葉の意図が伝わった円生は、ああ、と大きく首を縦に振る。

「そら、あんなボロアパートやったら、いややな」

円生はそう言って、くっくと肩を震わせる。

「建物の古さに戸惑ったのはもちろんなんだけど、私が来る前に、あの部屋に誰かがいたのよね？　玄関のドアを開けた時、テーブルにビールの缶とかたくさんあった。クリスマスだったし、誰かと夜をともにしたんだって分かって、それで……」

居たたまれなくなって、部屋に入ることができず、イーリンは逃げるようにその場を後にしたのだ。

はー、と円生は、意外とばかりにイーリンを見た。

「そういうことやったんや。ホームズはんが『いろんな想いがあってのことなのかもしれませんよ』て言うてたけど、ほんまに色々考えてたわけや。ほんま分からへんかった」

しみじみと言う円生の姿を見て、イーリンは恥ずかしさに顔を手で覆った。

俺は、と円生が続ける。

「あんたが、『アトリエに来たい』て言うたし、そのまま『アトリエに興味があるんやな』としか思わへんかって」

「それは、あなたが私を意識していないからよ……」

イーリンは顔から手を離すと、自嘲気味に笑う。

円生は、うーん、と洩らして、海に目を向ける。

「……俺はたぶん、葵はんが好きや」

知ってる、とイーリンは肩をすくめる。

「でも、『たぶん』って、どういうこと？」

「そのままや。たぶん、好きなんや。せやけど、いつでも『たぶん』がつく。せやから、この曖昧な感情に決着をつけるために、葵はんに言おうて思てる」

「……清貴さんがいるのに？」

「ま、俺の中での清算や。けど、やるからには、負けてられへん」

その言葉を聞いて、イーリンはあらためて円生の姿を見る。

「それで、見た目を？」

「まずは、見た目や。ほんで、資産もやな。葵はんが見た目や金て話やないのは、重々、承知の上や。俺の中の問題やねん。『結局、見た目や金で負けたんや』って心のどこかで思いとうはない」

「だから清貴さんたちに黙って、どこかのエージェントと契約を？」

「それはまた、ちょっと違う話なんやけど。さっきも言うたとおり、今回のテーマは清算……ま、リセットやな」

円生は、にっ、と笑って、イーリンを見る。

「あんたのことも好きやで。セレブに拒否反応を起こす俺やけど、あんたは大丈夫やし、あんたはあんたでええ女や」

円生は、イーリンの頭をくしゃっと撫でると、背を向けて歩き出した。

イーリンはしばしその場に佇み、円生を見送っていたが、姿が見えなくなるなり、しゃがみ込んだ。

12

入札締め切り日。

締め切り時間は、『M＋』の閉館時間の一時間後、十九時となっていた。

風雅は、パソコン画面を確認しながら、すごいなぁ、と洩らす。

「億超えが三人、他は数千万クラスだ……。億を超したのは、ジウ氏にインドの投資家、あとは日本の高宮さん。あのおじいさん、本当に君のファンなんだね」

ここは、風雅の主催者が用意した、館内のゲストルームだ。

風雅は窓際のデスクについていて、円生は応接ソファにどっかりと座っている。

菊川史郎の姿はない。先刻まではここにいたが、今は退席していた。

でっ、と風雅は、振り返って円生を見る。

「君は誰を選ぶの？」

「あ、俺に選ばせてくれるんや。否応なしやて思うてたけど」

「そもそも、そういう契約だからね。とはいえ、もし、史郎君がここにいたら、無理やりでも彼の思う方向に向かっていたかもしれないけど」

せやろな、と円生は肩をすくめる。

史郎がこの部屋を出て行ったのは、今から約一時間半前。

ある電話がきっかけだった。

＊

史郎は、データを確認しながら嬉々として声を上げていた。

『結構な人数が参加しているよ。現時点で億超えが二人だ！』

そう言ったかと思うと、入札者の名前を確認して、眉を顰める。

『イーリンの名前がないな。てっきり参加するかと思ったのに。もしかして、迷っているのか？　彼女に入札してもらわなければ、意味がない』

ぶつぶつ言いながら、史郎は運営に電話をかけた。

そこで、今日ジウ氏が娘・イーリンとともに、『M＋』を訪れたという報告を受け、史郎は、よっしゃ、と拳を握る。

『てっきり、イーリンが一人でなんとかする気かと思えば、父親を連れてきた。これで、ジウ氏の入札は確実だ！』

円生は風雅とともに一人掛けソファに座り、喜び勇む史郎の姿を見ていた。

今回、史郎の一番の目的は、ジウ氏を釣ることだ。

今もセレブの間を渡り歩いて仕事をしているが、実のところはジウ氏の許に戻りたいと思っている。もし、イーリンなり、ジウ氏なりが入札してきたら、『この企画は、あなたのために開いたものです』とジウ氏に申し出るつもりだったのだ。

イーリンは、父親を誘うのに成功したようだ。

が、実は先日イーリンと別れた後、円生はジウ氏にメールを送っていた。もちろん、自分の作品が展示されているとは言っていない。円生からは、イーリンが『M＋』に行こうと誘ってきたら何も言わずに了承してやってほしい、という旨と、もう一つ――。

その時、史郎のスマホが鳴った。

『お、おおっ、早速、ジウ氏から電話が……』

一度事件を起こしてから、ジウ氏からは連絡を絶たれていた。

さすがの史郎も、緊張の面持ちだ。

「俺も話を聞きたいし、スピーカーにしてくれへん？」

円生がそう言うと、分かった、と史郎は喉の調子を整えてから、スピーカーにし、はい、と答える。

『菊川か？』

電話の向こうから低い声がした。ジウ氏の英語だ。

お久しぶりです、と史郎も英語で答える。

『今日、「M＋」に行き、話題の展示を観たんだが……』

はい、と史郎が息を呑んだ。

『あれは君の仕業だろう？』

史郎はどこか誇らし気な表情になり、胸に手を当てる。

『ええ、実は……』

『どこまでわたしを馬鹿にすれば気が済むんだ！』

いきなりの怒声に、史郎はびくんと肩を震わせる。

『馬鹿になんて、そんなことは』

『では、なんだ？　嫌がらせをしているのか？』

いえ、それは、その、と史郎は目を泳がせながら話す。

『もちろん、自分も関わっていますが、あくまでアドバイザーでして、エージェントは風雅という男なんです。彼は主催者と知り合いで、画家を探しておりまして……』

『それじゃあ、蘆屋大成――円生の作品のマージンは、君に一切入らないということでいいのか？』

『マネージメント料として少しは……』

『そうか。それで、わたしを釣って、小銭を稼ごうと？　それを知りながら入札する気になると思うか』

『釣ろうなんて、自分はもう一度、あなたに喜んでいただきたく……』

『君がわたしの許に帰ってきたいであろうことは察していた。わたしの許に帰りたいならば、真正面から来て、過ちを犯したことを真摯に詫びればいいと思っていた。だが、君はいつも逃げ回り、チラチラこっちを見ながら、コソコソ姑息なことばかり！　そんな人間を信頼できると思うのかね？』

史郎は、ぐっ、と息を呑む。

『ひとまず、君が今回の件から降りるというなら、君にまた会って話をしてやってもいい』

『降ります、今すぐ。マネージメント料なんて一切……』

『では、今すぐわたしのところにきなさい』

はいっ！　と史郎は声を張り上げて電話を切り、急いで荷物をまとめる。

『そういうわけだから、俺は行く。悪いね、また頼むよ』

そう言って嵐のように部屋を出て行った。

＊

「――史郎君、嬉しそうだったね。今回のマネージメント料は残念だったけど、目的は果たせたわけだ」

そこまで言って、風雅は円生を見やる。

ちなみに、史郎は辞退したが、他にも仲介人はいる。それは風雅ではなく、風雅の雇い主だ。風雅は、雇い主の命を受けて、動いているに他ならない。

「どうせ、君の差し金なんだよね？　ジウ氏に、自分の側には史郎君がいることを匂わせたんじゃないかな」

さぁ、と円生は素っ気なく答えた。

「この前のことといい、君のやることは面白いなぁ」

と、風雅は可笑しそうに笑い、あらためて問うた。

「君は誰を選ぶんだろう？　ジウ氏、高宮氏、インドの投資家、それとも清貴？」

その言葉に、円生は鼻で嗤った。

「あいつの入札額は、たった十万やんけ」

なんやねんまったく、と円生がぼやくと、

「帰りの飛行機代ってとこなんだろうね」

即座に風雅が答える。

「そう言うてた。ほんま、よう分かってるやん」

「まぁ、一時期、濃い時間を過ごしたからね」

「ほんまに、当時、あんたに懐いてたんやな」

円生の問いに、風雅は何も答えない。

「あんたは、人に警戒心を与えへん男や。人の心にスッと入り込める何かを持ってる。あんたのそういう部分、元々は天然やったはずや。せやけど、今はちゃう。意図的に使うてる。あんたはいつから、自分の武器にしたんや？」

「武器って……」

「ホームズはんに初めて会うた時には、既にその武器を使うてたんちゃう？」

「何を言っているのか、よく分からないな」

風雅は可笑しそうに口許を綻ばせる。だが、もうこの話はしたくないようで、話題を戻した。

「それで、君は誰を？」

円生は立ち上がって、パソコン画面に目を向ける。

「俺は、最初から決めてるさかい」

データを見て、ある人物を指差す。

へぇ、と風雅は口角を上げた。

13

京博の『明治古都館』でのピアノリサイタルは、金曜日の夜に開催される。

栗城さんが言っていたように、京博は施設の貸し出しを行っただけであり、私たちスタッフは特に手伝うことはないという。

それでも、何かあった時の窓口として担当者は必要とのことで、その役は私がすることになっていた。

その日、私は『明治古都館』の『エジプト風広間』の隅に佇み、会場が出来上がっていく様子を眺めていた。

手伝いたくて、うずうずしてしまうが、責任所在の明確化のため、京博職員は基本的に施設使用者の作業は手伝わず、立ち合いのみを行う。

ピアニストの黒木塔子さんはピアノの前に座り、音を出してはスタッフに向かって声を張り上げる。

『もう少し、音響調整をお願い！　あと、空調も』

スタッフはすべて米国人で、言葉はすべて英語だ。私の英語力ではほとんど聴き取れなかったが、今回も翻訳機が役に立っている。

『空調が効くまでいったん休憩』

と黒木さんは声を上げて、暑い、と手で仰ぐようにしながら、ミネラルウォーターを飲んでいた。

私はそんな彼女の許に歩み寄り、お辞儀をした。

彼女はニューヨーク育ちだが、父親が日本人で、日本語がペラペラだという。

「黒木さん、このたびはありがとうございます。担当させていただきます、真城葵と申します」

あら、と黒木さんは、物珍しそうに私を見た。

「あなたが、真城葵さん？　お会いしたかったわ」

「ありがとうございます。あの、こちら、当館から……心ばかりの品ですが」

と、栗城さんから預かっていた品を差し出した。

京博のスーベニア・ショップで人気の扇子やハンカチ、クリアファイルにマスキングテープなどだ。

黒木さんは、ありがと、と言うと、扇子を無理やり引っ張って開こうとする。

どうやら、扇子を使うのは初めてのようだ。

「あっ、こうやって開くんですよ」

失礼します、と私は扇子を開いて、彼女に見せる。

「扇子のデザインは『鳥獣戯画《ちょうじゅうぎが》』なんです。『日本最古の漫画』と言われているんですよ」

うさぎと蛙が相撲を取っていたり、追いかけっこしていたりする姿が描かれている。

黒木さんは扇子に顔を近付けて、へぇ、と洩らした。

「とっても可愛いですよね」

黒木さんは、そうね、とうなずき、私を見た。

「そうそう、真城さん。あなた、清貴の彼女なんですって」

はい、と私は答えた。

「彼から伺っています。昔、黒木さんと親しくしていたと」

えっ、と黒木さんは目を大きく見開いた。

「それでですね、もし、黒木さんが自分のことを覚えていて名前を出してくれたら、ぜひ、電話で話したいと言っていたんですよ」

そう続けると、黒木さんは慌てたように手と顔を横に振る。

「ううん、覚えているというほどではないのよ。何を話していいか分からないから、電話はしないわ。ちょっと思い出しただけ。彼によろしくね」

「はい、伝えておきます。では、一度ここを離れますので、何かありましたら、いつでもお呼びください」

私はお辞儀をして、『明治古都館』を出た。

これから、休憩時間だ。

スマホを取り出して、ホームズさんにメッセージを送る。

『黒木さんとお話ししました。ホームズさんに電話はしないと仰ってました』

するとすぐに彼から返事が届く。

『今、電話をしても大丈夫ですか？』

『休憩中なので大丈夫ですよ』

そう送ると、即座にホームズさんから電話がかかってくる。

電話に出ると、ホームズさんの心配そうな声が耳に届いた。

『あの……何か、嫌なことを言われませんでしたか？』

「なにも……。ホームズさんの言った通りに伝えたら、会話はすぐに終わりました」

先日、香港から帰ってきたホームズさんは、すぐに私の家を訪ねてきた。

久々に我が家にやってきたホームズさんに、私の家族は大喜びだったけれど、ホームズさんが大事な話があるというので、私の部屋で話すことになった。

二人きりになるなり、ホームズさんは額を床につけて、

『申し訳ございません』

と、謝罪したものだから、私は動揺した。

『円生さんのことで、何か？』

『いえ、彼は関係ない話です。僕たち二人の話で……』

私たち二人の話で、ホームズさんがこうして土下座をしている。嫌な予感が脳裏をかすめた。

『もしかして、浮気を……？』

するとホームズさんは弾かれたように顔を上げた。

『何を言うんですか！　そんなことは絶対にしません。今の僕はあなた以外とはできませんよ』

大きな声だったので、私は慌てて口の前に人差し指を立てた。

『それじゃあ、なんでしょう？』

『僕の過去のことで、今のあなたが嫌な思いをすることになりそうなんです……』

『どういうことですか？』

『今度、京博でリサイタルを開くピアニスト……』

『黒木塔子さんですか？』

ええ、とホームズさんはうなずく。

『付き合っていたわけではないんですが、昔、親しくしていまして……』

はぁ、と私は答える。

今、ホームズさんが言った、『親しくしていた』というのは男女の関係だったということだ。

ホームズさんの過去については、これまで色々と聞いている。

和泉《いずみ》さんに裏切られてから、女性不信になってしまったこと。

あえて彼氏のいる女性を誘惑して、大人の関係になっていたこと。

あらためて思い返すと、本当にひどい話だ。

『そういうことは、私、全部聞いていますけど……？　もしかして、他にも聞いていないことがあるんでしょうか？』

『いえ、全部言いました。言った通りの最低さのままです』

『それじゃあ、どうして謝るんですか？』

『話に聞くのと、その人を前にするのでは、まったく別ものではないですか。僕だって、あなたから元カレの話を聞いていました。ですが実際にその男を前にした時、怒りと嫉妬で体が震えましたし……』

ああ、と私は苦笑する。

『一つだけ訊いてもいいですか？』

はい、とホームズさんは居住まいを正して、私を見る。

『黒木さんとはお付き合いしていなかったそうですけど、惹かれるものがあったから、その、関係……を持ったと思うんです。彼女の見た目とかが好みだったんですか？』

そう問うと、ホームズさんは思い返すように天井を仰いだ。

『当時、僕が関係を持つ相手に、決めていた条件があります』

『条件？』

私はギョッとして、彼を見やる。

『大前提として未婚であること。不倫は絶対にしないと決めていました。次に、違う業界の人間であること。そして、僕が一番の存在ではないことです』

『……というと？』

『本気で好きな男がいるけれど、遠距離だったり片想いだったりと、事情があって満たされていない。だから僕を都合よく思ってくれている方です。僕は僕で「本命がいるけど、その人には彼氏がいる」という架空の設定をして、互いに慰め合う感じで交流をしていたんです』

設定ですか……と私は洩らす。

『ですので、相手から「もう、あの人のことは諦めて清貴にしようかな」と言われたら、「すみません、僕はやはり本命の彼女が好きなので。そんな気持ちになった以上は、つらいだけなのでもう会うのはやめましょう」と関係を終わらせてきたんです』

はぁ、と私は相槌をうつ。

『そして、相手が好みかどうかと言われると……、今振り返れば、尊敬できる部分を持っている方ばかりでした。黒木塔子さんに至っては、音楽の才能です。僕は彼女のピアノが好きだったんです』

偽りのないホームズさんの言葉を聞いて、私は納得して大きく首を縦に振る。

『よく分かりました。こうして、伝えてくださってありがとうございます』

おそらく、当時のホームズさんには自覚はなかったかもしれないけれど、恋心はあったのではないだろうか。だけど過去の裏切りが尾を引いていて、心を開くことができなかったのかもしれない。

ホームズさんは、しゅん、としている。

『お礼なんて言われると、穴を掘って、そこに埋まりたい気持ちです。どうか無慈悲に土をかけてください』

『そんな。そもそも、私と付き合う前の過去の話ですし……』

でも、と思う。

何も知らない状態で黒木さんにホームズさんとの過去の話をされたら、私は間違いなく動揺しただろう。

こうして先に話を聞いて、大袈裟なくらい謝ってもらったから、『そんなこと』と思えるのかもしれない。

あの、とホームズさんがためらいがちに口を開く。

『あなたと出会った年の夏以降、そんな不毛な関係は断っているんです』

『えっ、でも、その頃はまだ付き合っていませんよね？』

『はい。祇園祭の夜からあなたの姿が頭に浮かんで……。そう思えば、僕はあの夜から、あなたを好きになっていたんでしょうね……』

その姿に胸が詰まった。

『おいで、清貴くん』

そう言うと、彼は大型犬のように抱き着いてくる。

彼は私をギュッと抱き締めて、

『あの、もし、彼女が僕の名前を出したら、こう言ってください……』

と、耳元で囁いたのだ。

――ホームズさんの思惑は当たり、彼女は引き下がった。

つまり、彼女もホームズさんの恐ろしさをそれなりに知っている人間なのだろう。

私はスマホに向かって訊ねる。

「それはそうと、ホームズさん、リサイタルには来ないんですか?」

『ええ、遠慮します』

「分かりました」

それじゃあ、と言って私は電話を切り、空を仰ぐ。

ジージーと蝉の声が響いている。

インターン期間も残りわずかだ。

そのまま、昼休憩を取り、再び『明治古都館』へと戻ると、『エジプト風広間』では、黒木さんがピアノを奏でていた。

ジャズピアノの名曲、ビル・エヴァンスの『Waltz for Debby』。

最初は穏やかに優しく、やがて軽快に弾むようなピアノの音はとても美しく、聴いているだけで、気持ちが楽しくなるようだ。

ホームズさんが、彼女のピアノが好きだったと言ったのがうなずける。

演奏が終わり、私はホールの片隅で、そっと拍手をした。

今夜のリサイタルは、きっと大いに盛り上がるだろう。

14

三週間のインターンは、アッという間だった。

一週目は、定例で開催される運営会議を特別に傍聴させていただき、その後の鑑査会にも参加が認められた。

鑑査会というのは、文化財を購入または寄託、あるいは修理する際に、そのことについて意思決定をする場だ。学芸部の常勤職員であれば誰でも参加できるという。

基本的に収蔵庫の前室でガラス越しではなく、直接それらの文化財を観ることができるので、貴重な機会だ。

通常、インターン生は参加できないのだが、栗城さんの計らいで私たち三人は特別に参加を認められた。

あらためて『寄託』というのは、館が所蔵するのではなく、寺社や個人からお預かりすることをいう。よくある例としては、重要文化財に指定されたり、劣化して、自分で管理することが難しくなった場合に、博物館に預かってもらう制度だ。

館のメリットとしては、館蔵品でなくてもそれらを展示したり調査したりすることができるので、展示や研究の幅が広がる。

また、所有者の高齢化や代替わりに際して、寄託品を寄贈または優先的に売却する場合もあるので、将来的な可能性を考えても寄託品が多いのはありがたいという。

とはいえ、寄託していただくのは、やはり『国立博物館だから』という信頼関係に基づいている。当然のことながら、もし寄託品を毀損・劣化させるような事態になれば、引き揚げられてしまうので、責任は重大だ。

なかには、古美術商等から寄託されている文化財もあるそうで、もしかしたら『蔵』も寄託しているのかもしれないなぁ、と思う。

ともあれ、この日は購入三点、寄託八点、修理二件が議題としてあげられ、それぞれ担当の研究員から説明があり、いずれも承認された。

いつの日か、これらが展示されることもあるのだろうと思うと、胸が熱くなる。

また、文化財保存修理所を見学させていただいた日もあった。

二週目は、展示評価、来館者調査、アクセシビリティのチェック（障害者や高齢者のバリアがないか確認）、ボランティア等と協働した京博ナビゲーターや文化財ソムリエの手伝いなどが続いた。

大変だったのは、栗城さん自らの特別講義だ。

博物館法や独立行政法人通則法など博物館運営に関する法的知識は、法学部でない私にとって、ついていくのが精一杯。

さらにその次は博物館経営に関する財務会計についての講義があり、『すみません、もう少しペースを落としてお話しいただけると……』と、お願いをしてしまった。

博物館を運営するということは、法的知識や会計知識も必要であるとあらためて思う。

今まで自分は、博物館のほんの一部しか見ていなかったことをつくづく実感した。

三週目はさらに生々しく、自己収入確保のためのファンドレイジングの観点から、今後クラウドファンディングを行った場合の業務のシミュレーション、展覧会関連のイベントの開催業務の補助、広報のための配信動画やＳＮＳの作成補助、賛助団体へのチラシ作成補助などに携わった。

博物館活動というのは、思った以上に多岐にわたっている。

そうして、怒涛の三週間も終わりを迎えた。

最終日は、これまで学んだことをレポートにしていたので、その発表をしてから、最後の挨拶をした。

最初に、木村絵理さんが皆の前に立ち、緊張した様子で頭を下げる。

「約三週間、お世話になりました。あまりのレベルの高さに、途中、音を上げそうになりましたが、それ以上に大きな刺激がありました。本当に感謝しています。いつか私もここで本当に働いてみたいという夢と目標を持つことができました。ありがとうございました」

皆が拍手をする。私も拍手をしながら、うんうん、とうなずいた。

次は、瀬川さんだ。彼は照れたように、ええと、と頭を掻く。

「前にも言いましたが、自分の実家は西陣で染め物屋を営んでいます。小さい頃から家業を継ぐものだと思っていて、そこに反発もなければ、特に誇りに思うこともなく、なんていうか、当たり前でした。せやけど、この京博で学んだことで、うちは素晴らしい仕事をしているんやって思うことができました。ここで学んだことを家業に活かし、京都の文化を後世につなぐ、その礎のひとつになりたいと思います。ありがとうございました」

皆はまた拍手をする。

最後に私だ。栗城さんをはじめ、お世話になった職員が、私を見ている。

私は呼吸を整えて、口を開く。

「私は埼玉県で育ち、高校生の時に、京都に引っ越してきました。ひょんなことから、骨董品店でバイトを始めまして、それから、古美術——美術品に魅了されるようになったんです。尊敬する人たちのように鑑定士になりたい、それにはまず学芸員の資格を取得したいと思いました。府大を選択したのは、公立だったからです。親に負担をかけたくなかったんです。今、大学三回生になり、このまま学芸員の資格を取った後、自分が何をしたいのか、何になりたいのか、少し迷子になっていました。美術に携わる仕事はしたい。けれど、何ができるのだろうと……」

そう、ホームズさんのような鑑定士になりたい。

だけど、このまま『蔵』で働いていたいかというと、そうではなかった。

いつか、ホームズさんと結婚して、『蔵』を切り盛りすることはあるだろう。だけど、その前に自分自身、何かできたらと思っていたのだ。

「今回、『マネージメント』を選択したのは、尊敬する師匠のアドバイスを受けて、展示の経験もあるし良いかもしれないと思ったからです。師匠のアドバイスがなければ『陶磁』を選んでいて、きっと今、ここにはいなかったと思います」

そう言うと職員たちが、ははは、と苦笑している。

「ですが、『マネージメント』の現場を経験できて、本当に良かったです。自分のなりたいものが明確になりました。私は、『マネージメント』についてもっと勉強し、実践していきたいと強く思いました。将来的にはミュージアムやギャラリーに関われる立場になれたらという大きな願望がありますが、それが無理でもアーティストの力になりたい。創造性を育み、アートの魅力を伝えられるような、そんなマネージャーを目指したいと思いました。ここに来なければ、きっと見付けられない夢だったと思います。得難い経験をさせていただいたこと、とても感謝しております。本当に、お世話になりました。ありがとうございました」

私が深々とお辞儀をすると、皆が拍手をしてくれた。

ここだけの話ね、と栗城さんが言う。

「京都府から『インターンを』と言われた時は、『そんな余裕ないんだけど！』って正直思ったんです。だけど三人とも一生懸命、働いて学んでくれて、その上、自分の進みたい道まで見付けてくれたとなったら、今後もインターンを、という気持ちになりました」

栗城さんの言葉に、皆も、うんうん、と相槌をうっている。

「三週間、お疲れ様でした」

私たちは、それぞれ記念品を受け取る。

再び礼を言い、私たちは無事インターンシップを終えた。

最終日はホームズさんが、京博の西側まで迎えにきてくれるという話だった。

そのことを絵理さんと瀬川さんに伝えると、うわぁ、と口に手を当てる。

「まるで卒業式に花束持ってくる彼氏みたいな？」

「キザやなぁ」

いやいや、と私は首を横に振る。

「ただの、お疲れ様会をしようという話で」

「お疲れ様会、私たちもまたしたいね」

「ほんまや」

ちなみに私たちの送別会は、既に開いてもらっている。

それにしてもアッという間だったね、と話をしながら東門の外に出ると、わぁ、と絵理さんと瀬川さんが声を上げた。

「真城さんの彼氏、絶対カッコイイんだろうなと思っていたけど、想像以上」

「ほんまや、イケメンや」

私は返答に困りつつ、ホームズさんがわざわざ門まで迎えにきてくれたことに驚きながら顔を向けて、さらに驚いた。

そこには、黒い艶やかな髪、端整な顔立ちの青年が立っている。

夏物のジャケットにチノパン、インナーはTシャツと、ラフなスタイルだ。

彼は、ホームズさんではなく――、

「お疲れ、葵はん」

円生さんだった。

私は、目と口を大きく開いて、彼を見上げる。

「円生……さん？」

「髪があると、別人みたいやろ」

「かつら、ですか？」

「ちゃうし。普通に伸びたんや」

「あ、そうなんですね」

「ちょっと、話せへん？」

「あ、ええと、ホームズさんが迎えにきてくれるはずで」

「あの男は一つ西の通りにいてる。せやから、豊国神社《とよくにじんじゃ》でええんやけど」

私はスマホを出して確認すると、ホームズさんからメッセージが入っていた。

『円生に会いました。葵さんと話したいとのことで、僕は近くに車を停めて待っていますから、終わったら連絡をください』

「本当だ……」

と洩らして私は円生さんを見上げ、はい、とうなずいた。

＊

――円生が葵の前に現われる三十分前。

清貴は、京博の西側の通りに車を停めて待機していた。

葵の終業時間は、十七時三十分。

ここに来るのは、十八時頃だろうか。

運転席で時間を確認していると、一人の男が近付いてきて、コンコンと窓を叩く。

それが誰なのか、すぐに分かった。

清貴は窓を開けて、こんばんは、と目を細める。

「なんやねん、その笑顔。気持ち悪い」

「気持ち悪いのは、あなたの方ですよね。めかしこんで」

「あんたの真似やけど？」

「そんな気がしていました。で、なんでしょう？」

「葵はんと話がしたいんや。ちょっと借りてええ？」

「借りてって、葵さんは物ではありませんよ」

「せやかて、あんたと約束してるんやろ？」

「そうですね。ですが、お声がけはご自由に。僕はいくらでも待ちますので」

「寛大やな」

「……あなたには世話になりましたし。ま、こんなことで恩を返せると思っていませんが」

そう言うと清貴は車を降りて、円生の前に立った。

「とりあえず、高値で絵が売れましたね。おめでとうございます」

「おおきに。一番やあらへんかったけど」

『M＋』の企画展で最高値が付いたのは、少女の顔が大きく描かれた作品だった。

落札額は、六億円。北京《ペキン》の富豪が購入したという。

そんな大きなニュースがあったため、円生の絵の話題は、さほど大きくは取り上げられなかった。その記事の最後に、『日本人アーティストの作品に一億六千万の値がついた』という一文が添えられていた程度だ。

すがね」

「『僕のところに持ってきてくれたら、悪いようにしません』という意思表示だったんで

「あんたは、飛行機代だけやろ」

「僕は、また振られてしまいましたね」

「それは分かってる。せやけど、俺は最初から決めてたんや」

「――どんな人間であろうと、一番高い値段をつけた者を選ぶと決めていたんですね」

さすがや、と円生は笑う。

「よう分かってるやん」

「その意図は、あの時までは分かっていませんでしたが……」

「風雅とあんたを会わせようとした時やろか？」

「その少し前ですね。あなたが『フェアやない』と言ったあたりで……」

その後、円生はこう言った。

『帰るのは明日にして、ちょっと時間つくってほしいんやけど』

ってか、今から出てこれへん？　と円生は続けた。

分かりました、と清貴はうなずく。

何を考えているのか、すぐに分かった。

円生は、風雅と会わせるつもりなのだ――。

清貴は、小松をホテルに残し、すぐに指定のホテルへと向かった。

覚悟を決めて部屋に入ったのだが、そこに風雅の姿はなかった。

部屋にいたのは、円生一人だけ。

円生は、かんにん、と大きく息をついた。

『気取られてしもた。よっぽど、あんたに会いたないんやな』

清貴はさっきまで風雅が座っていたであろう、一人掛けソファに目を向けて、そうでしょうね、と力なく微笑んだ。

薄々、感じていたが、疑惑は確信に変わった。

史郎と電話をしていた時、風雅は同じ空間にいながら、一言も言葉を発していない。

何より風雅はあの確執以来、清貴の前に姿を現わしていなかった。

――風雅は、自分を避けているのだ。

そして清貴自身も風雅に関わらないようにしてきた。だからこそ、自分の中に刺さった棘《とげ》のようなものが、いつまでもジクジクと痛んでいたのだ。

「彼に会う覚悟を決めた時に分かったんです。いかに自分がこれまで逃げ続けていたかということを……。あなたにお膳立てをしてもらったことを心の中で恥じていました。ですから、今度はちゃんと向き合おうと思っています。そんなふうに思えたのはあなたのおかげです。ありがとうございました」

清貴は、さらに礼の言葉を続けてお辞儀をする。円生は、やめてくれへん、と肩をすくめた。

「ほな、ちょっと行ってくるし」

そう言うと、清貴に背を向けて、歩き出した。

15

豊国神社は、豊臣秀吉《とよとみひでよし》を祀る社だ。

百姓から天下人になった太閤秀吉の神社ということで、出世開運等のご利益があるという。ここは、他の社寺に比べて空いていて、穴場の神社と言われていた。

階段を上り境内に入ると、円生と葵はとりあえず参拝をする。

参拝を終え、本殿から離れた際、そうだ、と葵が思い出したように言った。

「円生さん、おめでとうございます。鮮烈な世界デビューを飾りましたね」

おおきに、と円生は微笑む。

「もしかして、これからのことを思って、髪を伸ばしたんですか？」

「まぁ、こうした方が、イケメンちゃうかなって」

と、円生は自分の髪をつまむ。

そうかもですね、と葵は小さく笑った。

「剃髪に慣れていたので、不思議ですが、今の感じもすごく似合っていますよ」

「ほんなら、今の髪と丸坊主、どっちがええ？」

葵は、うーん、と唸り、はにかんで答えた。

「私は、丸坊主に一票です」

そうなんや、と円生は意外そうに言う。

「あんなに丸坊主が似合うって、すごいことだと思いますよ」

イーリンも同じように言っていたな、と円生は心の中で思う。

太陽が西へ傾き、カナカナと蜩《ひぐらし》の声がしていた。

「あ、蜩の声……蝉の声は苦手なんですけど、蜩の声は少し好きなんですよ」

葵は独り言のように言って、円生を見た。

「そういえば、私も円生さんに話したいことがあったんです」

「――なんやろ」

「ホームズさんに聞いたんです。今回、菊川史郎や風雅が関わっていたこと……」

ああ、と円生は相槌をうつ。

真面目な葵のことだから、説教じみたことでも言うのだろうか？

しかし、そうではなかった。

「ありがとうございます」

と、葵は、深々と頭を下げた。

「え、なんなん？」

「円生さんは、きっと、色んなことに決着をつけるために、あえて、あの二人と関わったんですよね？」

そう言って、葵は顔を上げ、

「それは、ホームズさんのために……」

と、瞳をそらさずに強い口調で言う。

円生は、ははっ、と笑って、頭を掻いた。

「あんたら、夫婦はおんなじことを言うし」

えっ、と葵は目をぱちりとさせた。

そう、清貴も同じように礼を言って、頭を下げたのだ。

『円生、あなたがあの二人と関わることにしたのは、すべてを清算させるためなのではないでしょうか。それは、僕のために——』

「そんなこと、あるわけないやん」

実のところ、あの二人がいつまでもねちっこいから、『いつまでも忌々しい。一回清算してくれ。今回、あいつに復讐をしたら、その後はしまいや』と約束させたのだ。

そのために、清貴を香港に呼ぶ必要があった。

二人からの報復を受けてもらわなければならない。

なおかつ、葵に危害が及ばないようにしなければならない。

だが下手に呼んでも警戒される。『別れ』の和歌を送ったなら、あの天邪鬼は来るだろう。

と、今回の件は、色々と考えて、出した苦肉の策だ。

たまたま清貴が無事であり、葵の心変わりがなかっただけのこと。

だが、葵は感謝の眼差しをいつまでも向けている。

やめてくれ、と心から思う。

これから自分は、想いを告げるのだ。

これで、本当の『清算』となる。

『俺は、あんたのことが好きや』と伝えたら、葵はなんて言うのだろう。

今の自分は、清貴のようなヘアスタイルで、似たような服を着て、なおかつ金もある。が、葵は申し訳なさそうな顔をして、ごめんなさい、と頭を下げるに違いない。

だが、もし、動揺しながら、『少し考えさせてください』と言ったら？

『そんなこと言われたら、揺れてしまいます』

なんて言って、頬を染めて、俯いたら？

ありえない話だ。

しかし、そんな想像をした今、強く感じた。

そんな葵に、魅力はないと——。

以前、利休に言われたことを思い出す。

『清兄に愛されている葵さんに魅力を感じているんじゃないの？』と……。

最初は、そうだったのかもしれない。

時が経った今は、そうではなく、『清貴を揺るぎなく想っている葵』が自分は好きなのだ。

だから、気持ちがはっきり分からなかった。

『たぶん、好きだ』という曖昧な感じだったのだろう。

幼い頃、母は自分と父を置いて、家を出て行ってしまった。

女は心変わりするもの——そんな考えが否が上にも植え付けられた。

そんな中、何があっても一途に想い合う二人の姿に、自分はいつしか憧れを抱いていたのかもしれない。

「あの、円生さん……」

と葵が、遠慮がちに口を開く。その言葉に円生は我に返った。

「私に話があるんですよね？」

円生は、ああ、と答え、思わず目をそらす。

あの、と葵が言いにくそうに続けた。

「私、覚悟ができています。大丈夫ですよ」

円生の心臓が強く音を立てた。

「え、あんたは俺が何を言うか、分かってるん？」

葵は、こくり、とうなずいて、胸の前で拳を握った。

「円生さんも、好きなんですよね？」

『も』という言葉に戸惑った。

うん？　と眉根を寄せると、葵は意を決したように言う。

「ホームズさんのことが……」

はっ？　と円生は大きく目を見開く。

「前々から、二人の間には、誰も立ち入れない絆のようなものがあると感じていました。ホームズさんはきっと円生さんが本当にピンチになったら、世界の果てまでだって駆け付けると思います。そして、それは円生さんも同じなんだろうって……。今回のことも、ホームズさんを想ってのことで……」

「いや、ちゃうし」

と、円生は強い口調で遮った。

「たしかに、あいつとは訳の分からん縁がある」

葵の言う通り、あの男のピンチには駆け付けてしまうかもしれない。

「せやけど、そんなんやない。あんな性悪、好みやないし」

そう言うと、葵は緊張に強張らせていた頬を緩ませて、ふふっ、と笑う。

「ま、今回のことは、正直言うて、恩返しもある」

自分の前に、風雅と史郎が現われた時、最初彼らの提案を突っぱねようと思った。

しかし、史郎の言葉で気が変わったのだ。

『君も、あのホームズとやらには、それなりに恨みがあるだろう？　ここらで、一斉に清算といかないか？』

そうだ、これを機に一斉に清算させようと。

史郎は、念願だったジウ氏の許に戻ることができた。

これからは、ジウ氏が目を光らせているから、滅多なことはないだろう。

ああいう輩は、裏の世界よりも、表の世界で働かせた方が世のためだ。


「俺も人の道に外れたことをしてきた。せやけど、今はお天道さんの下を歩いている。それは、ホームズはんのおかげや」

かつての仲間たちも、本当は、心のどこかで明るい道を歩きたいと思っているはずだ。足抜けした者に憎しみを抱くのは、そのためだ。

しかし、一度日陰に入った者は、一人ではなかなか這い上がれない。

誰かの手助けが必要なのだ。

清貴が自分を救ってくれたように、自分も昔の仲間を社会復帰させてやりたいと思った。

それには、金が必要だった。それも中途半端な金じゃない。

だから、絵を誰に売るかは最初から決めていた。

清貴が言った通り、『一番高い値段をつけた者』だ。

買い手が誰であろうと構わなかったが、それがたまたま、京都岡崎に住む富豪の高宮氏だった。

父の作品を支えてくれた人物に買い取ってもらえたのは、幸運だった。

「あんたに伝えたかったのは、史郎はもう大丈夫や、ってことやねん」

と、円生は、葵を見詰める。

葵は頬を赤らめて、目に涙を浮かべた。

「本当に、ありがとうございます」

「そないに何度もお礼はいらんのやけど」

「あの、これから、ホームズさんと食事をするんです。円生さんも一緒にどうですか？」

「いや、あんたらはデートやろ。俺は別に……」

「いいじゃないですか。小松さんと利休くんも呼んで！　円生さんのお祝いをしましょう」

葵は、さぁ、と満面の笑みで、手招きをする。

ぽかんとしていた円生だが、しゃあないな、と肩をすくめた。

二人で現われた時の清貴の顔を拝むのも悪くないだろう。

円生は小さく笑って、葵とともに豊国神社の階段をおりる。

想像していた通り、二人が仲良く歩いている姿を前にした時の清貴の表情は、形容しがたかった。きっと、一生思い出し笑いができるだろう。

さて、これからどうなるのか。すべては――、

「神のまにまにやな」

円生は小声でつぶやいて、口角を上げた。

エピローグ

「いやぁ、良かったなぁ。ほんと、良かったよ」

小松さんは、何度同じことを言っただろう。

ビールジョッキを手に、しみじみと洩らす。

早くも酔っぱらっているのか、顔は真っ赤で目はうるんでいた。

「えっ、ちょっと、小松さん、大丈夫？」

利休くんがギョッとすると、

「おっさん、もう酔ってんのかいな」

と、円生さんが呆れたように肩をすくめ、ホームズさんが小さく笑う。

「あなたのことを本当に心配していたんですよ」

テーブルの上には、餃子、小籠包、炒飯、麻婆豆腐等が並んでいる。

ここは、木屋町通にある中華料理店の個室だった。

豊国神社で円生さんと話をした後、私は彼とともにホームズさんの許へ向かい、

『みんなでお祝いをしましょう』

と、提案した。ホームズさんは、即座に満面の笑みで『いいですね』と答えたのだ。

実を言うとホームズさんが、『せっかくのデートなのに円生の祝いを？』と言って渋るだろうと予想していたため、快諾してくれたのは意外だった。

円生さんはというと、ホームズさんを見て、くっくと笑っていた。

『俺と葵はんが二人で帰ってきたから、絶望的な展開を予想してたんやで。あの時の顔といったら……ほんで、そうやなかったて分かって、めっちゃ喜んでるし』

絶望的な展開とは、どういうことだろう？

思えば、歩いてくる私たちを見て、ホームズさんは目と口を大きく開けていた。

もしかしたら、ホームズさんは、私と円生が険悪な雰囲気になっているのを想像していたのだろうか？

それはさておき――。

そうしたわけで先ほど、円生さんの快挙と私のインターン終了を労い、みんなで乾杯をしたところだった。なぜ中華料理店かというと、小松さんが、香港で大衆中華を食べられなかったのが心残りだと言っていたからだ。

それにしてもだぞ、と小松さんがジョッキをテーブルに置いて、円生さんの方を向いた。

「一億六千万って！　それを手に入れた気持ちを教えてくれよ」

円生さんは迷惑そうに顔をしかめる。

「全部が俺に入るわけやないし」

話を聞いていたホームズさんが、ふふっ、と笑う。

「気をつけなければ、ほとんど税金で持って行かれますからね。ちゃんと税理士に相談した方がいいですよ」

おっ、と小松さんが目を輝かせた。

「たしかあんちゃん、税理士になるんだろ？　円生の相談に乗ってやったらどうだ？」

「まだ、僕は資格を持っておりませんし、相談には乗れません」

ホームズさんはしれっと言ってビールを口に運ぶと、円生さんが、にっ、と笑った。

「せやけど、金銭が発生せえへんかったら、相談に乗ったかてかまわんやろ？」

ホームズさんは、冷ややかに目を細めるも、小さく息をついた。

「……そうですね。僕が税理士になった時、顧客になるという約束をしてくれるのでしたら、今はボランティアで相談に乗ってもいいですよ」

よっしゃ、と円生さんは拳を握る。

やはり、なんだかんだと二人は仲がいい。

私がしみじみ思っていると、

「そうそう、葵さん、インターンはどうだったの？」

と、利休くんが思い出したように訊ねる。

「とても勉強になったよ。副館長さんが本当に素敵な人で……」

そう言うと、ホームズさんの肩がぴくりと震えた。

「インターンが終わって、その副館長から個人的な連絡先とか受け取っていないですか？」

「いえ、そんなのは。でも、これから個人的に京博に行った時は、できればお会いしてご挨拶したいと思っています」

「とはいえ、副館長ですからね。お忙しいのではないでしょうか」

「そう思います。出張もすごく多いんですよ。知識が豊富でユーモアがあって、なんていうか子どもも心のようなものも持っていて……」

「子ども心ですか……」

「あんたにはないもんやな」

と、円生さんがさらりと言う。

いえ、とホームズさんは胸に手を当てた。

「僕は、体は大人で、心は子どもだと常々……」

「えっ、清兄、何言ってるの？」

「一番、タチの悪いやつやん」

みんな酔っぱらっているのだろうか？

「私もあんな素敵な女性になりたいと思いました」

そう言うと、ホームズさんは動きを止めた。

「あ、そうでしたか。そうですね。京博に行った時は、ご挨拶できるといいですね」

「あんちゃん、さっきと言ってること違わないか？」

「黙りましょうか」

やはり、酔っぱらっているようだ。

小松さんは、そうだ、と思い出したように顔を上げた。

「円生、今おまえは、どこに住んでるんだ？　あのアパートも引き払ったんだろ？」

「あー、せやねん。あのアパート、老朽化で取り壊しやって」

そうだったんですね、と私は相槌をうつ。

「今は、とりあえず、ビジネスホテルにいるんやけど」

「大金持ちに言うことじゃねぇけど、なんだか、もったいねぇな。うちの二階は今も空いてるんだし、いつでも戻ってこいよ」

と、小松さんは円生さんから目をそらして言う。

円生さんは、おおきに、と照れたような、気恥ずかしそうな顔で答えていた。

その後は、わいわいと飲んで語らい、大いに盛り上がって解散した。

小松さんと円生さんは小松探偵事務所に向かい、利休くんは阪急の駅へ、私とホームズさんは、高瀬川《たかせがわ》沿いの道を北へ向かって、ぶらぶら歩く。

「今日は本当は葵さんのお疲れ様会のつもりだったんですけどね……」

と、ホームズさんが少し不服そうに言う。

私は、ふふっ、と頬を緩ませた。

「ちゃんと、みんなで乾杯してくれたじゃないですか」

「葵さんは相変わらずですねぇ。あらためて、インターンお疲れ様です」

と、ホームズさんが私の顔を覗く。

ありがとうございます、と私ははにかんだ。

「インターンを経て、京博に就職したいと思いましたか？」

「それは、そうなったら素敵ですけど……でも、やりたいことが見付かったんです」

アート・マネージャーになりたい。

そのために、世界中を見て回れたらと思う。

私は、ホームズさんと出会ってから、恵まれた状況にいた。

ずっと、運だけが良くて、知識や実力が伴っていないことに、後ろめたさも感じていた。

それでも私は、その後ろめたさを抱えながらでも、前に進もう。

躊躇わずに、チャンスをつかまなければ、扉は開かない。

そうしていつか、誰かの夢や希望を叶えるお手伝いができる人になりたい。

私はホームズさんの方を向いて、深呼吸してから口を開いた。

「私、卒業後はサリーのところへ行きたいと思います」

ええ、とホームズさんは、微笑んでうなずく。

「行ってきてください。応援しています」

「――はい」

胸がじんと熱くなる。目に涙が浮かんだ時、ホームズさんはそっと私の肩を抱いた。

「あの、ホー……清貴さん」

呼び方を変えたことで彼は、戸惑ったように私を見下ろした。

「もし、許されるなら……」

はい、と彼は答える。その瞳が揺れていた。

「私が卒業したら、結婚してください」

えっ、と彼は、大きく目を見開く。

「栗城さん、既婚者だったんですよ。ご主人も同じ関係の仕事をされていて、一緒に暮らしてはいないそうなんです」

栗城さん自身、元々『結婚』という制度に興味はなかったそうだ。

しかし、今のパートナーと出会って、家族になりたいと思ったという。

さらに彼女の言葉が印象的だった。

『何より、社会的に認知されたパートナーがいるって、本当に心強いの。遊び半分で言い寄ってくる人がいなくなるしね。目に見えないけど、しっかりバリアが張られている状態なのよ。離れても護られている気がしてる』

そんなふうに言っていたのを聞いて、私は大きく納得した。

それで、と私は続ける。

「独身のままサリーのところに行くより、清貴さんと世間的、社会的に認められたかたちで結ばれて、しっかりとした絆をつないで、旅立ちたいと思ったんです」

ホームズさんは、私の体を引き寄せて、強く抱き締めた。

「おおきに、葵。ほんまに嬉しい」

ホームズさんの体が小刻みに震えていた。

もしかしたら、泣いているのかもしれない。

私は顔を上げて、彼の頬を両手で包む。

彼は、私を見下ろして泣き笑いを浮かべた。

キュン、と胸が詰まる。

あなたとつながっている目に見えない縁は、婚姻関係を結ぶことで、皆に認められた強固な絆となる。

——卒業したら、結婚しよう。

と、囁いて、私たちは唇を重ねた。

「僕はずっと寺町三条で待っています。そして、もしあなたに何かあったら、世界のどこであろうとも駆け付けます」

ありがとうございます、と私は微笑む。

これからも一緒に生きていくことを誓った夜。

それは未来への展望が明るく感じた、夏の終わりだった。

あとがき

いつもありがとうございます、望月麻衣です。

早いもので、本シリーズも二十巻です！

こんなに長く続けられたのも、応援してくださる皆様のおかげです。本当にありがとうございます。

二十巻ということで、これまで読んでくださった方に、うんと楽しんでいただきたい！

いつもそれなりに気合が入っているのですが、今巻は殊更に力が入りました。

そんな今巻では、実在する人物をモデルとしたキャラクターが三名おります。

まずは、葵と同じインターン生だった、木村絵理さんと瀬川航岸さん。

お二人は京都市北区が開催したスタンプラリーの景品で、『作品に登場できる権利』を抽選で引き当ててくださいました。

お名前と外見と趣味（木村さんは絵を描くこと、瀬川さんは宇宙人と交信など）をお聞きして、作品の中に登場していただきました。年齢と家業、大学以外は、すべてご本人からのアンケートに基づいて書かせていただいたものです。

木村絵理さん、瀬川航岸さん、本当にありがとうございました。

そして、もうお一方。

京博の副館長・栗城祐希は、今年（二〇二三年）の春まで、京都国立博物館の副館長を務めていた栗原祐司《くりはらゆうじ》さん（現在は東京の国立科学博物館副館長）がモデルです。実際は男性なのですが、ご快諾をいただき、作中では女性になっております。

栗原さんとの出会いは二年前。なんと栗原さんから、本シリーズを読んでます、とご連絡をいただきまして、「ぜひ、葵ちゃんを京博のインターンに！」という素敵なご提案をしてくださったんです。

しかし、その当時、葵はまだ大学一、二回生で、インターンにはまだ早く、

「葵が大学三回生になったら、ぜひ、インターンに行かせていただきたいです」

と、お返事をして二年。ようやく、葵がインターンに行ける年齢になりました。

栗原さんにはインターン・プログラムまで作っていただき、京博さんとともに、本作の取材、構成に全面協力してくださいました。

しかし、やはり、国博。制約も色々あり――。

「やはり、京博で事件は起こせないですねぇ。幽霊騒動くらいなら、大丈夫かもしれませんが、それじゃあ、十九巻と同じですよねぇ」と栗原さん。

京博が難しいならば、京博じゃないところで事件を起こそう！

ということで、元々別々の話だった『葵インターン編』と『円生のエピソード』をくっつけることにして、本作が完成したという裏話です。

栗原さん、京都国立博物館の皆様、本当にありがとうございました。

今巻では、ずっと書きたかった滋賀のお話や、持ち越しになっていた南座での秋人の舞台、そして葵が京博へインターンに行くエピソードと、円生の話。

すべてを盛り込んで、一気に書き切ることができました。

書き終わった後は、充実感に溢れています。

今はただ、お手に取ってくださった方が、楽しんでいただけるといいな、と祈るような気持ちでいっぱいです。

最後にあらためて。応援してくださる皆様のおかげで、京都ホームズシリーズは、二十巻まで刊行することができました（番外編も入れると二十二巻ですね！）。

本作に関わるすべての方とのご縁に心より感謝申し上げます。

本当にありがとうございました。

望月　麻衣

参考文献
中島誠之助『ニセモノはなぜ、人を騙すのか?』(角川書店)
中島誠之助『中島誠之助のやきもの鑑定』(双葉社)
ジュディス・ミラー『西洋骨董鑑定の教科書』(パイ インターナショナル)
出川直樹『古磁器 真贋鑑定と鑑賞』(講談社)
栗原祐司『教養として知っておきたい博物館の世界:学び直しに活かせる新しい鑑賞術と厳選20館』(誠文堂新光社)
栗原祐司『ミュージアム・フリーク in アメリカ―エンジョイ! ミュージアムの魅力』(雄山閣)
大堀哲(編集)、端信行(編集)、小林達雄(編集)、諸岡博熊(編集)『ミュージアム・マネージメント―博物館運営の方法と実践』(東京堂出版)
取材協力(敬称略)
京都国立博物館
※作品に出てくる京博のプログラムは、あくまでフィクションです。京博にお問い合わせ等なさらないよう、よろしくお願いいたします。

双葉文庫

も-17-29

京《きょう》都《と》寺《てら》町《まち》三《さん》条《じょう》のホームズ⑳
見《み》習《なら》いたちの未《み》来《らい》展《てん》望《ぼう》

2023年10月11日　第1刷発行

【著者】
望月麻衣《もちづきまい》

【発行者】
島野浩二
【発行所】
株式会社双葉社
〒162-8540 東京都新宿区東五軒町3番28号
［電話］03-5261-4818（営業部）　03-5261-4851（編集部）
www.futabasha.co.jp（双葉社の書籍・コミックが買えます）
【印刷所】
中央精版印刷株式会社
【製本所】
中央精版印刷株式会社

【フォーマット・デザイン】
日下潤一

ISBN978-4-575-52699-8 C0193
Printed in Japan